Sakura & Kyoug
「本日、ご親族の皆様には。」

舌をねじこむようにして口を開かせ、水を飲ませてやる。一瞬、暴れるように恭吾の身体に力がこもったが、やがてその力も抜け、与えられるままに水を飲みこんだ。口の中の水をすべて移し、しかし離しがたくて、夢中で相手の舌を探る。
「んん…っ……、ふ……」
反射的な反応なのか、それに応えるように、恭吾の舌が絡んでくる。(「本日、ご親族の皆様には。」P.127より)

本日、ご親族の皆様には。

水壬楓子

キャラ文庫

この作品はフィクションです。
実在の人物・団体・事件などにはいっさい関係ありません。

目次

本日、ご親族の皆様には。

口絵・本文イラスト／黒沢 椎

本日、ご親族の皆様には。

「本日、ご親族の皆様には、ご多忙の中お集まりいただきましてありがとうございました。それでは、ただ今より故八色華《やいろはな》様の遺言状を公開させていただきます」

無表情なまま、そう口を開いた男は芝崎《しばざき》、と名乗った。

マイクもなく、朗々とよく通る声だ。

八色家の顧問弁護士の名だったが、桜《さくら》が知っている限りもっと年配の男だったから、どうやらその息子か孫なのかもしれない。

午後の六時。

大きな遺影が中央に掲げられたホールで、百近くも整然と並んでいたイスには、みっしりとダークスーツの男女がひしめくようにすわっていた。

故人の親類縁者。その家族。そして関連会社の重役やその秘書たち。

そんなところだろう。

その遺影を背に一段高いところから一人こちらに向かって立つ男は、数枚の書類を手に、眼鏡《めがね》をわずかに指先で直して言葉を続ける。

「全文は三十八ページにわたる長いものですが、ここでは皆様の関心がおありだと思われる部分だけを、かいつまんでご説明させていただきます」

淡々と言った声は、まるでここに集まっている連中は遺産のことにしか興味がない、と言わんばかりのものだったが……結局、誰からも反論の声は上がらなかった。

気まずそうな咳払《せきばら》いが一つ二つ、響いたくらいで。

それはそうだろう。資産数十億だか数百億だか。「八色美容帝国の女帝」と言われた前会長、八色華の遺言状だ。

しかも故人に子供はおらず、親兄弟の近親者もすでにみんな鬼籍に入っている。

誰に遺産が行ってもおかしくはない、というわけだった。……むろん、誰にも行かずどこかに寄付される、という可能性も大いにあったが。

興味はあっても、自分に関係があるとは思えず、石橋《いしばし》桜はダークスーツの群れから一人離れて、ホールの一番後ろに引っこんでいた。そのでかい図体を、今日はこの会合のせいで隅に追いやられているらしいグランドピアノのイスにだらしなくのせて。

タバコが恋しいところだったが、どうやら今はそんな空気ではない。むろん、灰皿もない。なんとなく手持ちぶさたで、仕方なく、用意されていたグラスの烏龍茶《ウーロン》を一杯、もらう。

「ご存じの通り、八色華氏に近親者はいらっしゃいませんでした。しかし故人は、生前、全財産を引き継がせるべく相続人を指名しております」

初めて聞く事実なのだろう。不審と驚きにざわざわと会場が揺れ始めた。

「この場を借りまして、ご紹介させていただきます。――どうぞこちらに」

弁護士の呼び掛けに、前方のドアが開き、入ってきた男の横顔が人混みの合間にちらり、と一瞬、桜にも見えた。

目に入った、というくらいで特に意識もしていなかったが、……ほんの二秒後、えっ？　と思わず、そちらを見返す。

だがその時にはもう、イスから立ち上がっていたダークスーツで目の前には壁ができあがっていた。

「ちっ…」

短く舌を打ち、とっさにすわっていたピアノのイスに飛び乗る。

会場中が注目する中、その頭越しにはっきりと男の姿が見えた。

涼《すず》やかで清潔感のある容姿と、折り目正しい雰囲気と。スレンダーで均整のとれた身体つき。

立ち姿も様になっている。

当然だ。モデルを職業にする男だ。

どう見ても間違いなく。

「立野《たての》…、いえ、八色恭吾《きょうご》氏です」

弁護士の紹介に、親戚中がいっせいに悲鳴にも似た声を張り上げる。

「八色…って…！」

「八色だと…!?」

「どういうことだっ？」

その非難にも等しい声をものともせず、軽く頭を下げて静かに微笑《ほほえ》んだ恭吾の目は、じっと一番奥の桜を見つめてきた――。

※　　※

シャッターを切っていたのは、ほとんど無意識だったのだろう。

夕暮れのキャンパスで、たまたま持っていたデジタルの一眼レフカメラで。

プロ仕様のを手に入れたばかりで、何か撮りたくて仕方がなかった――のは、確かだった。

しかも、レンズの中に見た男の表情はあまりにも印象的だったのだ。

あたりも薄暗くなって、さすがに被写体を探すのはあきらめて帰ろうと、桜が通りかかった時だ。

その日の講義も終わり、すっかり人通りも少なくなった研究棟の下。

男が一人、立っていた。

ちらっと横目に見て、薄暗い中でも、いい男だな…、とは思った。

身長でいえば、百八十を越える桜より少し低いくらい。おそらくは誰の目にも美形、と映るだろう繊細な容姿で。

桜――などという可憐すぎる名前を持つくせに（親を恨むしかないが）、やたらと図体がでかく、おおざっぱに育ってしまった自分としては、せめてああいう顔《ツラ》なら な…、と思わないでもない。

だが、どれほどの男前だったとしても、毎日がハッピーというわけではないらしい。

彼は静かに涙を流していた。

声も出さず、瞬《まばた》きもせずに、ただじっと上を見上げて。

もっとよくその表情が見てみたい――、と。

持っていたカメラを持ち上げ、レンズの焦点を合わせたのも無意識だった。

そして、その一瞬にシャッターを切っていたのも。

暗く陰った、密やかな空気の中で。夕日に映えるシルエットと、一瞬、光る涙――。

止まったような空気の中、シャッター音だけがやたらと大きく響いた。

それでようやく桜に気づいたのだろう。レンズの中で、ハッと男がこちらを向く。

強い、まっすぐな眼差しだった。

明らかに好意的ではなかったが、桜はカメラをかまえたまま、目を離すことができなかった。

思わず、そのまま何度かシャッターを切ってしまう。

そんなところも、当然、男の気に障ったのだろう。

「何をしてるんだ…!?」

まっすぐに近づいてきた男は、恐いくらいの無表情で桜をにらみつけた。

「あ…、いや……」

レンズの中に男を見ていた桜は、いきなり彼が実体となって目の前に現れたようで、ちょっととまどってしまう。

「その…、悪い。……悪かった。勝手に撮られるの、気分悪いよな」

それでも、あわててあやまった。

確かに、どう考えても無断で撮った自分に非がある。それは確かだ。

……しかも、泣き顔など。

「ただ、あんまり……ええと」

キレイだったから、と言うのは、さすがに恥ずかしすぎる。

相手が女だったとしても、いかにも口説《くど》き文句のようで口にするには気恥ずかしいのに、……男相手だ。

「めずらしかったから？　男が情けなく泣いてるのを見るのは」

しかし男は口元に皮肉な笑みを浮かべてそう言うと、いきなり手を伸ばし、桜の持っていたカメラをつかんでとり上げると、そのまま大きく振りかぶった。

「ちょっ…、——おい…！」

さすがに一瞬、桜の息が止まった。心臓も止まるかと思った。

まさか、と血の気が引いたが、かまわず、男はそのまま勢いよく校舎の壁に向かってそれをたたきつけた。

「なっ…何しやがる…っ！」

一年近くもバイトをした金を貯めて、三日前にようやく手にしたばかりのカメラだ。

思わず駆けよったが、コンクリートにたたきつけられてはひとたまりもない。

地面に落ちたそのボディは無惨にひび割れ、当然レンズも壊れてしまっている。

「おまえ……、やり過ぎだろっ！」

ふり返って思わず大股に男に近づくと、そのままの勢いで胸倉をつかみあげる。

「いくらしたと思ってるっ!? 買ったばっかりなんだぞっ！」

確かに、無断で撮ったのは自分が悪かったのかもしれないが、これはあんまりだ。こっちが泣きそうだった。

「——がっ…！」

だが、次の瞬間、ものすごい衝撃が顎《あご》を突き上げた。

一瞬、何が起こったのかわからなかった。が、わずかによろけた身体が壁について、ようやく認識する。

どうやら男に殴《なぐ》り飛ばされたらしい…、と。
怒るのを通り越して、あぜんとしてしまった。
こんな優男に反撃を食らうとは。
だが目の前で、肩で荒い息をつく男の顔に、思わず息を呑《の》む。
ひどく——傷ついた表情だった。
拳《こぶし》を握りしめたまま、唇を震わせて。
「くそ……っ」
そして低くうめくように吐き捨てた言葉は、とてもこの男には似つかわしくなくて。
——そんなに…悪いことをしたのか……?
とも思う。
そんなに写真を撮られるのが嫌いだったのか? と。
だが桜をにらみつける男の目は、……桜を見ているようではなかった。
桜の向こうに何か別のもの——別の誰かを見ているようで。
男は大きく息を吐くと、そのまま桜に背を向けて足早に去っていった。
夕暮れの中に沈んでいく男の背中と、足下に残った壊れたカメラと。
桜はどちらも呆然《ほうぜん》と見つめるしかなかった——。

「ああ…、立野くんでしょ、それ。立野恭吾、だっけ」

イイ男のことは女に聞けばわかる、と至極納得のできる忠告を受けて、翌日、桜はランチタイムに学食で同じクラスの女友達を捕まえて曖昧《あいまい》な外見の説明で尋ねてみたら、すぐに思いあたったらしい。

「法学部の子よね？　同い年だと思うけど。……ていうか、わりと有名人だよ。確かトップ入学で、入学式の代表挨拶《あいさつ》したんじゃなかったっけ？　……桜、知らなかったの？」

同い年の男を捕まえて、子、とさらっと言われるのも、やはり同い年の男としては微妙な気持ちだ。

「入学式、出てねぇからな…」

カリカリと頭をかきながら桜はうめくように言ったが、とすると、彼も今年で二十歳、ということだろうか。おたがいに浪人や留年をしていなければ。

眉目秀麗《びもくしゅうれい》、成績優秀、品行方正。

どうやら、そんな四文字熟語が並ぶ男らしい。

しかしサークルにも入っていない桜は、あまりキャンパス内にくわしくもなく、今まで聞いたこともなかった。

「……それより、その顎、どうしたの？」

カップコーヒーを手にとりながら、笑いをこらえるようにして聞かれ、桜は渋い顔で顎に貼《は》っていた大きな絆創膏《ばんそうこう》を撫《な》でた。

「その立野？　そいつに殴られたんだよ…」

昨日はそれほどでもなかったのに、今朝起きてみたら結構な痣《あざ》になっていたのだ。

まあ、壊されたカメラのショックで、冷やすところまで頭がまわらなかったというか。

「えー？　嘘でしょ。立野くんが怒ってるとこなんて見たことないわよ？　いつも穏やかな人だし…、人当たりもいいし。親切だし。なんていうか、オトナだしねー」

「相当怒らせるコトしたんだろ？　ガサツだからな…、おまえは」

一緒にいた、やはり同じクラスの男が笑う。

「般教で見かけたこと、あったっけか…？」

そんな都合の悪い問いは聞こえていないふりで、桜は首をかしげた。

「ちゃんと出てるわよ。私、いくつか一緒だもん。アンタみたいにね、大学に遊びに来てんじゃないのよ、彼は。奨学生でしょ」

「あぁ…、まぁな…」

彼女の手厳しい指摘に、桜はちょっと視線をそらす。

「けど、桜の行動力には感心するけどな。何とかいう写真家のところに、押しかけて弟子入りしたんだって？　この間も、まるっと二カ月くらい、出てこなかったもんな」

男友達の言葉は、やはりロマンを解してくれるのか、温かい。

……女の方はあきれたように肩をすくめているが。

確かにもともとあまりまじめな大学生とも言えなかったが、カメラにはまってからは弟子入りを兼ねたバイトでかなりいそがしくしていたのだ。先日も撮影旅行にアシスタントとして連れて行ってもらえたので、二カ月ほど、大学は自主休校ということになってしまった。

四年で卒業できなかったとしても――いや、大学をまともに卒業できなかったとしても、今は仕方がない、と思っている。

「あー…、でもちょっと噂《うわさ》、あるよな、あいつ」

と、別の一人が思い出したようにつぶやいた。

「噂って何よ？」

わずかに身を乗り出すようにして、やはりゴシップ好きなのか、女が尋ねている。

「んー…、でも眉唾《まゆつば》だから」

「そこまで言って黙んないでよー。気になるじゃない」

男は口ごもったが、彼女につめよられ、仕方なさそうに口を開いた。

「いや…、あくまで噂だけど。……なんか、ＡＶ、出てたって」

「うわっ、うらやましぃぃぃー！　なっ、それ、巨乳モノ？」

横の男が食いついた。

「いや、そういうんじゃなくてさ」

さらに歯切れ悪く、その男はちらっとあたりを見まわしてから、ちょっと声のトーンを落として言った。

「……ホモビデオだって」

「えっ？　マジ？　あいつ、そうなのか？」

「だから、ホントかどうかわかんない話だよ。似た男が出てたっていうだけだしさ。……ただ、奨学金もらってるってことは、金には困ってるってことだろ？　なんか、家の借金もあるっていうし。だから、金のためにやったのかもしれねぇって……な」

そんなゴシップめいた噂話に興味はなかったが、どうやらその立野恭吾が大学内で有名な男なのは確かなようだった。

……良くも悪くも、だ。

といって、本人が何か目立つことをしているわけではない。目につく容姿と、そして成績と。それで尊敬を集めることもあれば、反感を買うこともある、ということだ。

憧《あこが》れている女の子も多いようだったし、教授に媚《こ》びを売っている、と中傷する者もいた。

そして不思議なことに、立野恭吾には誰といって親しい友人がいないようだった。

一番よくつるんでるのは誰だ？　と尋ねても、誰も答えられない。

たいていの人間と親しく会話はするし、講義ノートなども気安く貸してやっているようなのに。

意識してみれば、確かに彼は桜ともいくつか、講義は重なっていた。

注意して、しかしこっそりと彼を眺めていると、すべてにそつなく…、いつもやわらかな笑顔で人に接しているのがわかる。

だが、誰に対しても同じ距離感で——なるほど、親友、と呼べる人間はいないのかもしれない。

ランチなどもたいてい一人だったし、特定の人間とつるむこともなく、講義で毎回決まった友達とすわることもない。

深く立ち入らないように。立ち入らせないように。

彼自身が、そんなバリアを張っているようだった。

慎重で、実際、あんなふうに発作的な行動をしそうにもないが。

あの時は何があったんだろう……？

ふと、そんな疑問に捉《とら》われる。

そして、カメラを壊されてから一週間ほどが過ぎた頃——。

一般教養の語学を、恭吾は前の方で、そして桜はかなり後ろの方で受けていた。

大部屋の講義室での講義が終わったあと、バラバラと部屋を出る学生たちの中、彼がまっすぐに自分の方に近づいてきたのに、友達としゃべっていた桜は声をかけられるまで気がつかなかった。

「少し、かまわないか？」

「え？　あ、ああ……」

いきなりそんなふうに言われ、桜はちょっとあせったが、それでもうなずいた。

またあとでな、と友人たちには先に行くようにうながす言葉を口にすると、その微妙な空気に怪訝《けげん》な表情だった彼らも、仕方なさそうに講義室を出た。

なんとなく、二人だけの方がいいような気がしたのだ。

「なんだ？」

人のいなくなった講義室で、いくぶん警戒しながら、身構えるようにして桜は尋ねた。

なにしろあの時は、強烈な攻撃を食らっている。確かに、もともとは桜の方が悪かったのかもしれないが、しかし貴重なカメラを壊された上、男の顔に勲章とも言えない青痣をつけられたのだ。倍返しにしてもおつりが出るくらいだろう。

「この間の」

感情も、表情もなく、恭吾が続ける。

考えてみれば、この男がこんなに愛想がないのもめずらしい――のだろう。

まあ、もちろん、あの時のことを思えば、愛想笑いもできないのだろうが。

だが、今頃また何を言うつもりなんだ…？

と、不審な思いで桜は男を見上げた。

どう考えても、桜の方が損害賠償を請求できる立場だと思うが、それでも怒らせたきっかけは自分だったのだ、と思えば、仕方がない…、とあきらめていた。

……が、実はカメラのデータはなんとか無事だったので、あの時の写真は手元に残っている。

と、桜の目の前に、いきなりバサッ…、と封筒が落ちてきた。

そこそこの厚さのある大きめの封筒で……校内にATMのある銀行のロゴが印刷されている。

なんだ…？　と思いながらも、とりあえず中を確認すると、どうやら五十万ほど、入っているようだった。

「……なんだよ、これは？」

まるで札束で横っ面をはたかれたようで、妙にムッとして尋ねると、恭吾は無表情なまま言った。

「借りを作りたくない」

「借りって」

そんなふうに言われると、ちょっとトーンが落ちてしまう。

「いや、まあ…、あれは俺も悪かったから。……それにこんな大金、おまえだってキツイんじゃないのか？」

しっかり貧乏学生である桜にしても、泣くに泣けない金額ではあるが。

「もちろん、簡単じゃないけどな」

そんなふうに答えた恭吾に、ふっと、この間友達から聞いた話が頭をよぎる。

「奨学金、もらってんだろ？　……ていうか、まさか、またＡＶ……」

思わず口にしてから、ヤバイ、と思う。

すっ…、と男の眼差しがさらに冷たくなった。が、その口元は逆に薄く笑みを作る。

「君はそんな噂話にはうとそうだけど。それとも、そんなに広がってるってことなのかな…」

自嘲《じちょう》するように、なかば独《ひと》り言のように男がつぶやいた。それでもまっすぐに顔を上げ、桜をにらみつけたまま続ける。

「これはそういう金じゃないよ。……もっとも、君にとってはどっちでも同じじゃないのか？」

どこか捨て鉢なそんな言い方に妙に腹が立って、桜は思わず立ち上がり、銀行の封筒を彼に突き返した。

「いらねぇよ。これがそうじゃなくたって、生活には困るんだろーが」

「そうなったら、またＡＶとかウリでもやるんじゃないかって思っているわけか」

皮肉な口調で言った男の頬《ほお》を、桜はそれこそ、持っていた封筒で張り飛ばした。

「――っ…！」

さすがに予想外だったのか、恭吾が驚いた目で桜を見返してくる。

「やってんなら止《や》めろ。やってないならそういう言い方はするな。自分をいじめてどうすんだよ？」

ぴしゃりと言った桜に、初めて恭吾がとまどったように視線を漂わせた。それでも前髪をかき上げるようにして、小さく口にする。

「でも…、弁償はさせてくれ。俺が壊したんだし」

「もともと俺のせいだって言ったろ？」

いまだに思い切れないところはあるが、やはり男には引けない時がある。いったんいい、と言ったものを、やっぱり弁償しろ、とは言いたくない。……もちろん、痩《や》せ我慢、だったが。

それに…、あの時の写真データが残っているのを考えると、弁償させるのは後ろめたい気もする。

「あの時は…、八つ当たりみたいなものだったから。別に君のせいじゃない」

しかし、わずかに視線をそらせたまま、ぽつりとつぶやくように恭吾が言った。

「八つ当たり？」

桜は首をかしげる。

「ふられたところだったからな。というか、別れたところというか」

「……え、おまえをふる女がいるとは思えないけどな」

ちょっと驚いて、本当に素《す》で桜はそんなことを口走ってしまう。

「女じゃないから」

それに恭吾がさらりと答えた。

「そうなのか…」

あまりにさりげなく言われ、思わずうなずいたものの、……え？　だったら何なんだ？　と頭の中で考えてしまう。

そしてようやく、あ、と思いついた。

そうだ…。ホモビデオ……。

「って、じゃあ、やっぱりおまえ……？」

「そう。俺は男が好きな男なんだよ」

まっすぐに桜を見つめてはっきりと言われ、桜は一瞬、言葉につまる。

これほどきっぱりとカミングアウトされたのは初めてだった。

潔い、のか、あるいはヤケなのか。

もっとも親しいつきあいのあるわけじゃない桜に知られたところで、どうということはないのか。

「気持ちが悪い？」

惚《ほう》けている桜に、どこかからかうような皮肉な口調で恭吾が尋ねてくる。

「あ？　……いや、別に。高校時代のダチにもいるし」

　桜はちょっと、こめかみのあたりをかきながら答えた。

「……っていうか、あいつはまた違うのか。今、ショーパブで働いてる。今度手術するって言ってたけどな」

「ちょっと違うかな」

　恭吾が苦笑した。

「女になりたいわけじゃないからね」

　あー…、と桜は一応うなずいたが、わかったようなわからないような感じだ。

　と、ふと思いついた。

「じゃあ…、別に写真を撮られるのが嫌なわけじゃないのか？」

　だったら――と、状況も顧みず、内心で期待してしまう。

　思わず身を乗り出すように尋ねていた桜に、恭吾が肩をすくめた。

「あまり好きでもない。まあ…、ビデオよりはマシかな」

「ビデオ？」

「盗撮。……って言うのかなぁ、あれも。隠し撮りか」

「されたのか？」

　どこか他人事《ひとごと》に言ったその口調に、桜は驚いて尋ねた。

ストーカーみたいな女に、ということだろうか？

と、一瞬、思ったが。

そっと息を吐くように笑い、恭吾が講義室の机に腰を預ける。

「その別れた男に。男の部屋でやってるところにカメラを仕掛けられてたみたいで。相手が替わるごとにそういうのを撮ってコレクションしておくのが趣味…っていうか、時々、自分で観て楽しんでたみたいだな」

「おまえ、それ…」

桜は思わず目を見開いた。

犯罪だろ、と思う。いくら自分の部屋でも、相手に無断というのは。

……いや、だがもしかすると、自分がしたことも似たようなものかもしれない、と思うと、さらに罪悪感がひしひしと胸に押しよせてくる。

「それを貸した友達から流れたのか…、もしかすると売ったのかもしれないな。大学の先生も案外、金がないから。それが実録モノのゲイビデオとして出たんだよ」

では、あの噂は――。

「じゃあ、別におまえが何したってわけでもないんじゃないかっ」

思わず声を上げた桜を、恭吾がちょっと不思議そうに眺めてくる。

「まぁな…。でも、そういう男とつきあっていたのは自分だから」

何かあきらめたように、さらりと恭吾が言う。

「大丈夫なのか…?」

思わず桜は尋ねていた。

もしそんなことで噂が大きくなれば、この男だって大学には居づらくなる。奨学金をもらっているのなら、学校側が問題にする場合もあるだろう。

……自分のせいでもないのに、だ。

「どうかな。結構な噂になってるみたいだし。君が知ってるくらいにね」

「俺は…、たまたまおまえのことをダチに聞いたからそういう話が出ただけで。気にしてないヤツは普通に知らないだろ。しらばっくれとけよ」

思わず強く桜は言った。

「もちろん、そうするつもりだけどね。定点からの撮影だから、顔も切れてあんまりうまく映ってないみたいだし。俺も今、大学を辞めるつもりはないしね」

そういえば、家の借金があるとか言っていたな…、と思い出す。

それなら確かに、今辞めるわけにはいかないのだろう。無事に卒業して、いいところに就職して、という必要があるのだろうから。

いや、法学部なら、弁護士とか検事とか。あるいは堅実に公務員か。

「……けど、気にいらねぇな。その男はちゃんとあやまってんのか? おまえだけ…、なんかヘンに言われるのはおかしいだろ。むしろ、むこうがヘンタイなんだしな」

知らず、うめくように桜は言っていた。

「おまえもおかしいよ。殴られた上に、俺のことを心配する必要はないだろう？」

本当に不思議そうに、まじまじと恭吾が桜を見つめてくる。

それはそうなのかもしれないが、……まあ、なんとなく。

と、そういえば、と首をかしげた。

「ていうか、おまえ、なんであんなとこで泣いてたんだ？　……あ、悪い」

さすがに恭吾が表情をゆがめたのに、桜はあわててあやまった。別に思い出させるつもりはなかったのだが。

「いや…、相手があの研究棟にいたから」

さらりと言われた言葉に、桜は思わず目を見張った。

「うちの教授か…っ!?」

そういえばさっきは聞き流してしまったが、「大学の先生」と言っていた。

だがそれならなおさら…、もっと考えるべきだろう。

「准教授だけど」

恭吾が肩をすくめた。

「別れたって…、言ってたよな？　やっぱり噂になったからか？」

「そう。そういうのは困るって。まあ…、やっぱり立場はあるからね」

「そんな…！」

乾いた笑みで言った恭吾に、桜の方が憤《いきどお》る。

せめて自分が恋人をかばうくらいのことはできないのか、と思う。そもそも自分のまいた種だ。

最低だ。

恭吾の腕を、桜はとっさにつかんでいた。

「連れてけよ、その男のとこ」

「……って、どうする気だよ？」

「殴る」

「なんでおまえが…っ？」

端的に答えた桜に、初めてあせったように恭吾が声を上げる。

「なんでって…」

そう言われると、確かにまったく自分とは関係のないことだ。

が、腹が立つのだから仕方がない。

「あの時、俺が殴られたのはそいつの代わりだったんだろ？　だったら、俺がそいつを殴れば勘定が合う」

「おまえ…、だっておまえがそんなことしたら…！」

なかば引きずられて廊下へ出ながら、恭吾が必死に言う。

「平気だろ？　そいつだって、自分に後ろめたいことがあるんならさ」

男の腕をつかんだまま建物を出ると、桜はどしどしとキャンパスを歩き、この前会った研究棟の方へ進んでいく。そういえばあれは、法科の建物だった。

よりによって社会正義を教える男がかよ…、と思うと、ますます腹が立ってくる。

「おまえだって殴りたかったんだろうが。だから、俺を殴ったんだろ？」

「それは…」

言い淀むということは、やはりそうなのだろう。

「俺だって殴られ損はむかつくからな。……で、どいつだ？」

昼間でも静かな研究棟のホールで、じろっとにらむようにして尋ねると、ためらいながらも恭吾がエレベーターへ向かっていく。

教官室の並ぶ三階。その一室だった。

桜には覚えのない名前のプレートがかかっている。名前が表向きということは、在室しているらしい。

コンコン、と桜が無造作にノックすると、後ろで恭吾が小さく息を呑んだ。

どうぞ、と声がかかり、桜はちらっと肩越しに恭吾を見てから、グッとドアを押して中へ入っていく。

「失礼します」

とりあえず口にして、正面のデスクの奥にいる男を確認した。

三十なかばくらいだろうか。眼鏡をかけた、いかにも大学の先生といったインテリ風のスーツ姿の男。

ひとまわりくらいは違うわけで、そんな年上の男が好きなのか…、とふと、思う。

うん？　とその准教授が不審そうな目で桜を眺めた。

「誰だったかな、君は？」

しかしそう言ったすぐあとに、桜の背中に別の男の姿を見つけて表情を変える。

「な…、立野…！　おまえ、何の用だっ？　もうおまえとは何の関係もないはずだっ！」

修羅場になって、騒ぎになるのを恐れているのか。

あわてたように席を立ち、どこか怯《おび》えたように叫ぶ男に、なんて言い草だ、と桜は心の中で吐き捨てる。

仮にも先生が教え子を指して何の関係もない――とは。

ましてや…、一時期は恋人同士でもあった関係で。

「先生に忘れ物を届けに来ただけですよ」

無意識にか、男から視線をそらせた恭吾の姿をさえぎるようにして、桜は淡々と言った。

「君は誰だね？　……ハッ、なるほど、新しい男というわけか？　ずいぶん尻軽だったんだな…」

自分の後ろめたさをとりつくろうように薄笑いで言った男を、桜は次の瞬間、大きく足を踏み出すと、ものも言わずに殴り飛ばしていた。それはもう、渾身《こんしん》の力で。

どがっ…！　とものすごい音を立てて、男の身体が後ろの壁にたたきつけられる。眼鏡がふっ飛び、男の身体はずるずると情けなく床へすべり落ちていた。

反射的に顎のあたりを押さえたらしい指の隙間《すきま》から血がだらだらと流れているところを見ると、どうやら鼻血か、歯の二、三本も折れているのかもしれない。

本当に思いきりだったので、桜の拳もジン…、と痺《しび》れていた。

その無様な男の姿に、ようやく桜はハァ…、と息をつく。

少しはスッキリした。……だろうか？

ちらっと桜が肩越しにふり返ると、戸口で呆然としたように恭吾が立ちつくしていた。

桜の視線にようやくゆるゆると顔を動かし、そしてくしゃっと顔をゆがめるようにして笑った。

それに桜は、なんだかホッとする。

少しは思い切れただろうか。

「な……なんだ、君は……っ!?」

と、ようやく少しダメージから立ち直ったのか、准教授がのろのろと壁に手をついて立ち上がりながら、真っ赤な顔で桜をにらんできた。

「学部と名前を言いたまえ…！」

「ヘンタイが教授面してんじゃねえよ」

しかし桜はそれをにらみ返して言い放った。

「あんた、言えるのかよ？　自分がこいつに何をしたのか？」

「では君はどうなんだっ？」

冷たい桜の言葉に、男が食いついてくる。

「私が君を暴力行為で告発したとしたら、君は暴力をふるった理由を言えるのかねっ？　この男のためにこんなバカなことをしたんだろうが、そうすればこの男のしたことだって表沙汰《おもてざた》になる。おまえの暴力行為というだけですませてやるのは、私のその男への温情だと思いたまえっ！」

「なんだと…っ？」

桜はぎりっと歯を食いしばった。

だが確かに、自分がこの男を殴った理由を聞かれれば……桜は黙るしかない。

恭吾のことも、この男のしたことも。

うかつにしゃべれば、恭吾も一緒に退学になってしまうだろう。……自分がよけいなことをしたせいで。

「おまえが一人退学になるか、二人で退学になるか。おまえたちが選べるのはそのどちらかだっ！」

男が勝ち誇ったように吠え立てた。

「いいですよ、俺は」

しかし唇を噛《か》んだ桜の耳に、ふいに静かな声が聞こえてくる。恭吾の声だ。

「立野……！」

桜は思わずふり返った。

「今さらでしょう、先生。なにしろ俺は、ビデオが出まわってるんですからね」

恭吾はうっすらと微笑んだまま、冷たい目で男を見つめていた。

「こいつを告発するつもりなら、俺はいつカミングアウトしてもかまいませんから。そうしたら全部、言いますよ。あなたとどんな関係で、どんなことをされたのか。きっと他にも被害に遭《あ》ってる学生が出てくるのかもしれませんね」

「おまえ…、まさか……！」

驚愕《きょうがく》したように叫んで、男が首をふる。

「お、おまえにできるのかっ、そんなことがっ!?」

「あなたの選択ですよ、先生。あなたが黙って殴られておくか、俺たち三人でそろって大学を辞めるか」

微笑んだ表情で、ゾクリとするほど冷たい口調で。

「俺たちはともかく、あなたは新聞沙汰だと思いますよ？　大学の准教授が教え子に手を出して自分のマンションに連れこみ、その上セックスしてるところをビデオに撮って楽しむ趣味がある…、なんてね。あのビデオ、初めから売る目的なら、わいせつ物販売に抵触するんじゃないですか？」

「連れこんだわけでは…っ。ご、合意だっただろう…！」

あわてたように男がわめく。

「ビデオ撮影は合意じゃないだろ。法律を教えている人間のやることなのか？」

ぴしゃりと言った桜をにらんで、男が唇を震わせる。

「……行こう」

背中からうながされ、桜も男をにらみつけると、むこうが先に視線を外した。

薄暗い研究棟から外へ出て日の光を浴びると、なんだかホッとする。

「ありがとう…。なんか、俺もこれですっきりしたよ」

と、後ろからいくぶん照れくさそうにかかった声に、しかし桜はいささか不安な気持ちで尋ねた。

「よかったのか？　あんなこと言って。あいつ、本気で俺を告発するかもしれないぜ？　……

いや、俺が放り出されんのは別にいいんだけどな。もともと卒業できるかどうかもわかんねぇし」

「自分の今の地位を捨てることなんてできない人だよ。……オトナだと、思ってたんだけどね。つきあっている間は」

ため息をついた恭吾に、桜はちょっとからかうように言ってやる。

「男を見る目がないな」

「そうだな」

恭吾もくすっと笑った。

「けどなァ…。わかんねぇ趣味だよな。おもしろいモンか？　自分の、その…、そーゆーのを観んのって」

想像できない。やっぱり普通のＡＶを観るのとはぜんぜん違うと思うのだが。

うなるように言った桜に、恭吾がさらっと答える。

「さあ。でも、結構激しいよ、俺」

「そ、そうなのか…」

ごほっ、と無意識に咳払いして、桜はあわてて視線をそらした。

激しい、のか。

……って、どんな感じなんだ？

と頭の中がぐるぐるしてしまう。

そんな桜の様子に、くっくっ、と恭吾が喉《のど》を鳴らして笑っている。

……からかわれているんだろうか？

案外、いい性格なのかもしれない。

「これ」

と、キャンパスのにぎやかなあたりにもどる手前で立ち止まって、恭吾がもう一度、カバンからとり出した銀行の封筒を差し出してきた。

「受けとってくれないか？　貯金してた分だから、ヘンな金じゃないし。俺はかなり堅実にふだんから貯金してる方だから、生活に困るわけじゃないよ。……あの時は本当に、俺が八つ当たりしただけだしね」

「あ…」

桜は思わずその封筒を見つめ、しかしそのまま押し返した。

「いや、いい。……けど、その代わりにさ。俺に借りがあると思うんだったら…、モデル、やってくれよ」

「俺？」

恭吾が目をぱちぱちさせる。

「そう。――あ…、俺は基本、風景だから。人物《ポートレート》はあんまり撮らねぇから、自然の中に人のシルエットとか欲しい時にさ」

「シルエットだったら、俺じゃなくてもいいと思うけど。……ていうか、おまえ、そのカメラがあるのか？」

「あ」

鋭い指摘に、桜は黙りこんだ……。

◇　　◇

「え――っ？　立野さん、一緒に帰らないんですかぁ？」

夕方近くなってようやく撮影が終了し、売り出し中の若いモデルやスタイリストたちが一人の男をとり囲んで騒いでいるのを横で聞きながら、桜は手早く撮影機材を片づけていた。

「今晩ここ、泊まるんだって！」

「えー、いいなー、立野さんっ」

女の子たちがいっせいにうらやましそうな声を上げている。

それも当然だろう。

女の子なら誰でも憧れるような、ヨーロッパのお城めいた高原の大豪邸だ。個人所有の別荘なのだが、リゾートホテル並みの建物と敷地だった。

それに、男がちょっと困ったような表情で、ちらりとこちらを眺めてくる。

七年前——。

あの日、大学で恭吾と出会って。

殴られて、カミングアウトされて。そのまま、つるむようになった。

そして結局、それが自分たちの人生を決めたのかもしれなかった。

……おたがいに、だ。

その大学時代、桜は時々、恭吾の姿をカメラに収めていた。

そしてそれを、雑誌に応募したのだ。

自分の、コンテストなどに出品するのとは別に、街角のイケメン・コンテストのようなもので、ちょっとした賞金稼ぎの感覚だった。

一万円でも賞金が手に入ったらおごるからさ、と渋る恭吾をなだめつつ。

読者モデルのような企画だったのだろうが、それを見たプロダクションからスカウトが来たらしい。

躊躇《ちゅうちょ》する恭吾に、やってみろよ、と勧めたのも桜だ。

いいバイトになるかもしれないぞ？　と、桜の言葉にそそのかされたのかどうなのか、恭吾はモデルを始め、結局、それを今も仕事にしている。

王子様的なものやわらかな雰囲気も、クールでシャープな男っぽさも出すことができる。いくつかの雑誌の表紙を飾り、国内外でファッション・ショーの舞台を歩き、最近はちょこちょこと俳優としての活動も始めているらしい。

以前、こっそりと寝顔を撮った写真も手元にはあって、ひょっとして今ならお宝写真になるのか…？　という気がする。

大学にトップ入学した男は、公務員試験などにも受かっていたようだったから、もしかすると道を誤らせたか…？　という気がしないでもないが、……まあそれでも、そこそこ稼いではいるようだったから、桜も安心していた。

実際、恭吾には親の作った借金があったし、病気の母親を抱えていた。手っ取り早く金が必要だったのだろう。今はそれも返済し、母親もよい療養所に入れているらしい。

そして、桜の仕事はカメラマンだった。

風景写真が専門だが、人物や動物も撮る。

まだフリーでやっていけるほどの実績や知名度があるわけではなかったが、しばらく前に大学時代の先輩に誘われて共同経営の形で事務所を作ったので、入ってくる仕事ならなんでも受けていた。

この時の仕事は、めずらしくファッション誌のグラビアだった。

そんな仕事はめったにまわってこないのだが、どうやら予定していたカメラマンにドタキャンがあったらしく、この時、モデルに入っていた恭吾が口を利いてくれたらしい。

声をかけられた時、今回のイメージで撮影できるいい場所がないか、ということだったので、桜がここの女主人に話を通して、この別荘の一角を借りたのだ。

「ここって八色グループのオーナーの別荘なんでしょう?」

やはり美容関係は強いのか、モデルの一人が声を上げる。

「持ち主の身内の人が借りてくれたって聞いたけど……」

「えっ、じゃあもしかして立野さんって、八色の御曹司っ?　すご－い!」

「違う違う」

一気にテンションがマックスまで上がった女の子たちに、恭吾が苦笑して首をふった。

「俺はぜんぜん関係ないよ。桜…、石橋の親戚だって」

そんな言葉に、いっせいに女の子たちが地味に片づけをしていた桜をふり返った。

「えっ?　そうなのっ?」

「石橋さん、ここのオーナーの親戚なんですかっ?」

今までまったく気にとめていなかった、無名のむさいカメラマンの頭の上に、いきなりキラキラした王冠でも見えたのだろうか。

彼女たちの声のトーンが一気に跳ね上がる。

その素直な現金さに思わず苦笑いして、桜はさらりと言った。

「ほとんど他人みたいな遠い親戚。御曹司なら、こんなカメラマンなんて仕事、してないだろ？　……ああ、ほら、マネージャーが呼んでるよ。急いだ方がいい」

なんだぁ…、と口々に残念そうに言いながら、お疲れ様でしたー、とバタバタと彼女たちがバスの方へと帰っていく。

バスが走り去ってから、桜は一人残った男をふり返った。

「おまえ、よかったのか？　俺につきあって泊まって。華さんは俺が友達を連れてくるの、喜んでたけどな」

「光栄だよ。八色グループの女帝に会えるなんて。ちょっと緊張するけどな」

「今は普通のバァさんだって。たいがい元気だけどな。むこうもおまえのことは知ってたみたいだぞ？　私好みの美形だね、って笑ってた。面食いだから、華さん」

そんな桜の言葉に、だったらいいけどね…、と恭吾が小さく笑う。

「明日、仕事は？」

「オフだから大丈夫」

微笑んで答えた恭吾に、桜はメモリカードを替えたカメラを手に頼んだ。

「……じゃあ、もうちょっと、つきあってもらえるか？　夕暮れのシルエットがいい感じに撮れるかもしれない。……ギャラは出ねぇけどな」

秋も深くなって、別荘の裏庭から眺められる遠くの山が紅葉でぼうっと赤く、霞《かす》むような色をつけていた。

こんな季節にこの別荘を訪れたことがなくて、桜にもちょっと感動的な景色だったのだ。

そんな景色も撮ってみたい、と思う。

恭吾の姿を、自然の一つにして。

グラビアの表紙を飾るようなモデルをシルエットだけで撮るような贅沢《ぜいたく》は、なかなか許されないだろう。

「いいよ」

くすっと笑って、恭吾はうなずいた。

おまえは俺の専属モデルだからなー、と、七年前はなかば冗談のように、桜は言っていた。出会った時にカメラを壊された代わりだったが、もとはすでに、十分とれているだろう。

……親友、だと思っていた。

出会ってから残りの大学時代、一番多くの時間を一緒に過ごしていた。

その間に、桜にも一応、彼女がいた時期はあったし、恭吾にもつきあっていた男がいた時はあったのだろう。あえて深く尋ねることはしなかったが。

時々、会話の端に、今、サラリーマンとつきあってる、とか、別れた、とか。そんな言葉がのるくらいで。

そして、人恋しくなった時には一緒に飲んで。

恭吾がそういう男だとはわかっていたから、それを変に思うことはなかった。……はずだった。

ただ恭吾に相手がいる時は、妙にいらいらした気持ちを持て余して、自分の彼女とケンカをして、それで別れたこともあった。

恭吾と一緒にいる時が、一番楽で、心地よかった。

時々、ふたりで貧乏旅行をして、写真を撮って。恭吾の母親がいる療養所へ見舞いに行ったこともある。

そして、卒業後も。

人気モデルと売れないカメラマン。

正直、現状では少し差ができていたが、それでも以前と変わらないスタンスで、恭吾がつきあってくれるのがうれしかった。

だからこの日も、気安い調子で誘っていたのだ。

一緒に泊まっていかないか？　ひさしぶりに夜通し飲もうぜ――。

と、そんな言葉で。

「ポーズ、とった方がいいのか？」

ちらっとふり返って、ちょっと顎に手をやるように気どった調子で聞かれて、桜は首をふった。

「いや。カメラを意識しないでいてくれた方がいい。俺が勝手に撮るから」

そんな言葉に、恭吾がふーん…、とうなる。

そしていきなり、ごろん、と草の上に大きく大の字に転がった。

「おい…」

苦笑した桜に、恭吾が胸いっぱいに大きく息を吸いこんだ。

「気持ちいいな…。こういうことも都会じゃできないし」

「まぁな」

そんな表情を真上から、斜めから、カシャ…、と軽くシャッターを切りながら、桜もうなずく。

「寒くないか？　ここ、気温が低いしな」

高原の別荘だ。そろそろ肌寒い季節だった。しかも日は落ちてきている。

「ホント、冗談じゃないよな。初夏ものの撮影なんて」

恭吾が寝返りを打つように、気持ちよさそうに草の上をごろごろしながらうめいた。

今日の撮影はファッション誌だったので、季節は先取りだ。すでに衣装は長袖《ながそで》に着替えていたが、さすがに撮影中はそれを感じさせなかった。

「おまえさ…」

風に揺れる葉の音まで聞こえるほど、静かな、ひんやりと澄んだ空気の中。

レンズの中にまどろむような恭吾の表情。淡い光を通す木の葉の影が、その顔をちらつく。

その一瞬ごとにシャッターを切りながら、桜は口を開いていた。

「小野田《おのだ》さんとは……、まだつきあってるのか？」

さりげなく、本当に何気ない口調で。

その言葉が出た瞬間、ふっと、レンズの中の恭吾が目を開いた。

まっすぐに桜を見返した眼差しが、どこか切なくて。淋《さび》しげで。怒っているようで。

——この、目だ……。

内心で、桜はそっと息を呑む。

桜の手元に、恭吾の写真はそれこそ数百枚もあった。大学時代から、つい最近のものまで。

この前ひさしぶりに整理をしていて、気づいたのだ。

レンズに向けられる恭吾の目が、その表情が、少しずつ変わっていることに。

どんなに笑っている時でも、昔とは違って、最近の写真はどこか切なげで。

レンズに——自分に向けられる瞳に、ドキリ…、とした。

写真は嘘はつかない。

だが、まさか…、とも思っていた。

ずっと——自分たちは親友だったはずだから。

いや、気づいたら終わりだ、という気持ちがどこかにあったのかもしれない。

自分がどうしたらいいのか、わからなくなるから。

恭吾の頬がわずかに強ばり、こちらを見返す眼差しに一瞬、不安…、だろうか。あるいは怒りか、あきらめか…、複雑な色が混じる。

そして、スッ…、と恭吾は視線をそらした。

「よく知ってるな」

そしてぽつりと、なかばため息をつくように答えた。んー…、とどこかとってつけたように腕を大きく上げて伸びをする。

小野田は桜とは段違いの売れっ子で、キャリアもある写真家だ。女優たちの写真集もよく出版されている。年も十歳くらいは上だっただろうか。

有名誌のグラビアもよく撮っているようだから、恭吾との接点もあったのだろう。

「あんまりいい噂、聞かないぞ」

パシャ…、と一枚撮って、桜は強いて淡々とした調子で続けた。

男にも女にも節操がなく、スタジオにもよく引っ張りこんでいる——という噂も聞く。

確かにその分、モデルの色気を引き出す腕はあるのだろうが。

「心配してくれてるのか?」

「あたりまえだろ」

かすかに笑うように言った恭吾に、桜はちょっとムッとして答えた。

「最初がアレだったからな。ほっとけないっつーか…。おまえ、案外、男を見る目がないしな」

他のことではしっかりしているのに。無駄遣いもせず、遊び歩くこともなく。経済観念も発達しているし、自炊や掃除も自分でしていて、生活面でもきっちりとしている。

だがつきあう男とは、どうやら長続きしていないようだった。

桜の見るところ——といっても、相手と直接会ったわけではないが——その相手にも難があることが多い。

たまに殴られた痕を見つけたり、桜と飲んでいる時にもしょっちゅう金を無心する電話が入ったりすることがあった。

「仲良くしとくと、写真集とか企画してくれるかもしれないだろう?」

「おまえ……!」

が、頭の下で腕を組んで枕《まくら》にしながら、さらりと言った恭吾の言葉に、桜は思わず声を上げていた。

無意識にカメラを離して、直《じか》に、上から見下ろすように恭吾をにらんでしまう。

「……バカ。冗談だよ」

恭吾がわずかに瞬きして、小さく笑う。

「自分の写真を眺めて喜ぶ趣味はないからな。マネキンでいるくらいがちょうどいいよ」

身体で企画を買った——というように、桜が疑ったと思ったのかもしれない。

だがその瞬間、桜が思ったのはそれではなかった。

「俺の方が…、おまえをうまく撮れる」

思わず、そんな言葉がこぼれ落ちる。

他の人間に撮らせたくない——。

「……桜？」

ちょっと怪訝そうに、恭吾が首をかしげた。

次の瞬間、桜はハッと我に返ったように、息を呑んだ。

身体の内から、カーッ、と熱が出てきたようだった。夕日が照りつけるせいではなく、頬が熱い。

だが迫ってくる夕日の中で、恭吾に桜の表情はよく見えなかっただろう。

「悪い…。荷物、見ててくれないか？　ちょっと撮影してくる」

とっさに視線をそらし、それだけを早口に言うと、返事も待たず、桜はカメラを握ったまま恭吾から離れて歩き出した。

混乱していた。

……いや。気づいたのだろうか。

自分の気持ちを認めるしかないと。

ずっと…、恭吾を撮りたかった。

他の写真家の手でグラビアを飾るのが、じりじりするような気がしていた。

だが、今の自分に何かを言う力はない。それだけの名前も、実績もない。

それが歯がゆくて。

本当は――。

「まずい……」

頭を抱えて、思わずつぶやいた。

まいった、と思う。正直。

特に偏見などないつもりだった。だが、自分がそうだと思ったことはなかったし、恭吾にもそう言っていた。

まったく今さら、だ。

ただ、もしかすると…、とちょっとくすぐったいような思いが胸の中にあるのも確かだった。

桜はそれほど、恋愛感情にさとい方ではない。むしろ、鈍感なくらいだろう、と自分でもわかっている。

……だから今まで、自分の気持ちにも気づかなかったくらいだ。

そしておそらく――恭吾の気持ちにも。

恭吾がいつから、そういうふうに自分を見ていたのか……。

うぬぼれかもしれない、とは思う。

告白されたわけでもないし、そんなそぶりを見せられたわけでもない。

ただ、やっぱり写真は嘘はつかないから。

そしてレンズの中の被写体を見る自分の目を信用していなければ、こんな仕事はやっていけるはずもない。

……ただ。

トップモデルに肩を並べようという恭吾と比べて、自分がどれだけのものかと言われると……やはり、気後れはする。

頭を冷やすように、桜はずんずんと歩きまわり、それでも夕暮れ時の高原の風景を何枚かカメラに収めた。

そしてようやくもとの場所にもどった時、昼間の疲れが出たのだろうか、恭吾は桜のバッグを枕にうたた寝をしていた。

日は落ちて、ますます温度も下がっている。

「恭吾」

桜はちょっとため息をついて、すぐ横にすわりこんだ。

残照に映えるその寝顔にレンズを向け、かなりアップでパシャッ…、とシャッターを切る。

が、その音でも目覚める様子はなかった。それだけ慣《な》れているのだろう。

口元でちょっと笑って、風邪《かぜ》を引くぞ、と起こそうとした指が、ふっと止まった。

かすかに指先に触れた吐息に、ドクッ…、と身体の奥で熱がおこる。

薄く開いた唇と、襟《えり》の間から見えるわずかな喉のライン。

そんなところから目が離せなくなる。

……ヤバイ。ホントに。

こんなに直接的に、カラダにきたのは初めてだった。

桜は静かに息を吐いた。

伸ばしたまま強ばっていた指先をようやく動かし、そっと髪に触れる。

無防備な寝顔を見つめ……、桜はふいに泣きそうになった。

恭吾は、今も別の男とつきあっているのだ。

この唇も、この髪も。身体も。

今はその男のもので。

だが今の自分には、何を言う資格もない。

恭吾がそれを選んでいるのだ。

今、強引に恭吾を手に入れてみても、自分がしてやれることは何もない。自分のことに精いっぱいで。

もうちょっと。

せめて、今の男の後ろ姿が見えるくらいに。

そこまで行けたら、なんとかなるだろうか……。

——この時は、そう思っていた。


恭吾と最後に会ったのは、四月だった。

もう、半年以上も前になる。

もちろんそれ以降も、雑誌や広告やテレビや……ちょこちょことメディアで顔を見かけることはあったが。

『桜が……好きなんだ』

まっすぐな目でそう言った恭吾を、あの日、桜は拒絶したのだ——。


この日、ひさしぶりに桜は恭吾と会っていた。

恭吾の方も仕事がいそがしかったらしく、桜は桜で、この頃、かなりバタバタと走りまわっていたのだ。

電話やメールでのやりとりはあったが、まともに会ったのはふた月ぶりくらいだっただろうか。

おたがいに自由業にも近い社会人となると、合わせやすいようでなかなかタイミングが合わない。

ひさしぶりだな、と笑いながら、今の恭吾にはどうかな、と思いながらも安い居酒屋で食べて、飲んで。

そして酔った勢いで、近かった桜のアパートに転がりこんだ。

冷静に考えれば、学生時代と違って今の恭吾ならばタクシーで帰るのに何の躊躇もなかったはずだが。

「わりぃな…、狭くて」

こちらは学生時分からあまり変わらないワンルームのスペースで、写真機材やパネルなど、ものだけが増えている。事務所の方にもおいておけるのだが、やはり大事なものは持ち帰っていたから。

「うん。相変わらず汚いな」

狭い上にごたごたした玄関を上がった恭吾に、中を一瞥《いちべつ》して遠慮なく言われ、しかしその表情はにやにやと笑っている。

世間的には売れ始めていた恭吾のまわりは確実に変わっているはずで、しかし昔と変わらない馴染《なじ》んだ感覚がうれしかった。

「飲むか?」

冷蔵庫を開いて、転がっていた缶ビールを差し出すと、恭吾はそれを受けとって、リビング兼ダイニング兼ベッドルーム兼クローゼット、でもある八畳ほどの一室を見まわし、とりあえずすわれる場所を確保したようだ。

くしゃくしゃに丸まっている布団を壁際に押しやり、無造作に脱いだコートをその上に放り出してから、ベッドに腰を下ろす。

「美人モデルを迎えるにはヒドイ状態だが…、まあ、他に客が来るわけでもないからな」

そんなふうに言った桜を、プシッ…、とビールの蓋《ふた》を押し開きながら恭吾が見上げてきた。

「女を連れこむ時はどうするんだ?」

一口つけ、ちょっとからかうような口調で尋ねてくる。

「まぁ…、さすがにここには連れこめねぇかな…。掃除してくれるような女ならいいんだろうけど」

苦笑して、桜も自分の分を一つ、冷蔵庫からとり出した。

「いるのか? そういう女」

しかしさらりと何気ないふうに言った恭吾の声が、どこか緊張をはらんでいて。

やばい…、と頭の隅でアラームが鳴った気がした。

しかし酔いがまわった頭には、うまくその警報も処理できなくて。

「いないからこの惨状なんだろ。……ていうか、今は女を作ってるヒマもねぇよ」

だらしなく小さなコタツの片側にすわりこみながら、桜はビールをあおった。

実際のところ、自覚してからは誰かとつきあおうという気にもならなかった。

それどころではない、というのも、確かに本音だ。

……恭吾には言えなかったが。

「ま、必要に迫られた時にはおまえんち、借りてもいいかもな」
二、三度、訪れたことのある恭吾の部屋は、すっきりと片づいた2ＬＤＫのしゃれたマンションだった。セキュリティもしっかりとしたところで、芸能人の居住者も多いらしい。
本当に何気なく、笑い話程度に出た言葉だった。

……だが。

「それ、本気で言ってる？」

ふっと息を呑むような息づかいと、静かな口調と。

そして、どこか挑むような眼差しがふいに向けられた。

「あ…、いや」

気圧されるように、桜は視線をそらしてしまう。

「冗談だろ…。怒るなよ。まさかそんなことにおまえんちを借りようとは思ってないさ」

あわてて、いくぶん早口に言い訳した。

「誤解されて、写真雑誌に妙な記事を載せられても困るしな」

「そういうことを言ってるわけじゃないって、……桜はわかってるんだろう?」

しかし、低く押し殺すような恭吾の声が耳を打つ。

一瞬、桜が言葉を失った時だった。

「俺…、もう限界だから」

軋《きし》むような声——言葉だった。

「恭吾……?」

喉が渇いていく。心地よいほのかな酔いが、サーッと流されるように醒《さ》めていく。

恭吾の言いたいことは……わかっていたはずだった。

わからないふりをしていただけで。

先に限界が来ていたのが、どちらだったのか——。

「恭吾…、いいから、ちょっと待て」

それでも、この期《ご》に及んでも、桜はなんとかその瞬間を避けようとしていた。

ダメだ。今は、まずい。

手にしていた缶ビールをとっさにコタツにのせて、立ち上がって――まるで逃げるみたいに恭吾に背を向ける。

「桜が……好きなんだ」

その背中に、静かな声が落ちてきた。

無意識にギュッと、桜は拳を握る。ゴクリ、と唾《つば》を飲みこむ。

ようやく、強ばった笑顔でふり返った。

「……バカなこと言ってんなよ。そりゃ…、俺だっておまえのことは好きだけどな」

冗談ですませたかった。それで乗り切れるものなら。

だが、その瞬間、恭吾の表情が凍りついた。

「それが桜の答えなんだ?」

感情の失せた冷ややかな声に、桜は息を呑む。

「恭吾……?」

目の前で、まっすぐに桜を見つめたままの恭吾の表情が小さくゆがんでいく。

そっと目を閉じて、震える指で前髪をかき上げた。

「そうか…。俺、ふられたわけだね」

そっと、息をつく。

「だろう?」

そして静かに上がった眼差しが、どこかすがるように確認してくる。

桜は無意識に唇をなめた。

「あぁ…」

いたたまれずに目を伏せて、桜は他に答えようもなく、そう答えた。

壁に押しつけた拳が、小刻みに震えてくる。

無理——だった。今は……今は、ダメだ。

好きだから。

この男が好きだから——。

ほんのひと月前なら、多分……違う答えも出せたのだろう。だが。

桜が大学の先輩に声をかけられ、共同経営の形で事務所を開いたのは二年前だった。桜が仕事をこなし、先輩は仕事をとってきたり、経理を担当したりしていた。

順調にいっていた——と思っていた。

だがある日突然、その先輩が姿を消したのだ。事務所の運転資金をすべて持ったまま。

呆然とする間もなく、桜は慣れない金策に走りまわったが、とても事務所を続けられる状況ではなかった。

今の桜に残っているのは借金だけなのだ。

そんな状況で……応えられるはずがなかった。

「わかった」

そう言った恭吾の声がどこか遠かった。

ぐっと、恭吾は手にしていたビールを一気に空けると、カン…、と軽い音をさせてコタツにのせる。

「ごちそうさま」

静かにそう言うと、コートを手にとって、部屋を出た。

パタン…、とドアの閉じる音が耳に残る。

桜はいつまでも、その扉を眺めていた。

四月。

花冷えのするような、寒い春の日だった……。

◇　　◇

「いつ来ても素敵ねえ…。大好きだわ、この別荘」

車のエンジンを止めるやいなや、真っ赤なフェアレディの助手席からすらりとした足を伸ばし、溌溂《はつらつ》と降り立った女がうきうきとした声を上げた。

その甲高い声を聞きながら、運転席の桜はぐったりとハンドルに突っ伏す。

――なんとか生きて着けたか……。

という安堵《あんど》だ。

集中力をあからさまに妨げるような、のべつ幕なしのおしゃべりと、ない方がかなりマシ、という、いいかげんなくせに強気なナビのおかげで、すっかり精力を使い果たしてしまっていた。

桜がこの別荘を訪れたのは、これで四度目、くらいか。

去年の秋以来――だ。

都内から車で二時間ほど。

都会の空間からは信じられないほどだだっ広い平原に広がる、別荘、などという表現はおこがましい白亜の大邸宅だ。

敷地内にはバラ園やら温室やら、モネの絵画もどきの池やらがあり、プールやらテニスコートやらも敷設されていて、高原の高級リゾートホテル、といっても普通に納得できる。

実際、維持のためにちょっとしたホテル並みの使用人もいるようだ。

半分は会社の保養所としても使われているらしく、それ以外にも高校や大学のクラブや何かの合宿などにも貸し出しているという話だった。もっとも、体育会系のサークルではなく、あくまで文化系の、美術部だとか天体部だとかのようで、やはり建物や美術品をキズつけられないように、だろう。

エンジン音を聞きつけたのか、広い石段の上で重厚な扉が開き、見覚えのある男が穏やかな笑みで近づいてくる。

「ようこそ、泉《いずみ》様、桜様。お待ちしておりました」

まるでホテルのコンシェルジュか執事のような優雅な物腰で現れた六十過ぎの男は、この館の女主人である華さんにもう四十年以上も仕えているという、現在の肩書きとしては確か「顧問秘書」である奥村《おくむら》だ。

それにしても、泉と並べて「桜様」と呼ばれるのは、生まれてこの方二十八年、いいかげんこの名前に慣れたとはいえ、やはりため息がもれる。

名前だけ紹介されれば、どこの美人姉妹が現れたのかと思うだろうが、実際には若作りな母親と、やたらとガタイのいいその息子、なのである。

十八で自分を産んだ泉は、ちょっと見には三十過ぎのスタイルもまあいい、色っぽい美人――、だが、実際には今年四十六になる、いい年増だ。

……もちろん、口にはできないが。

なにしろ、「お母さん」と呼ぶことさえ、小さい頃から禁止されていたのである。

「まあ…、ひさしぶりね、奥村」

出迎えた男に華やかな声を上げた泉が、ハッと思い出したように声を落とす。

「……でも、突然で驚いたわ。本当なの？　おばあさまが亡くなったなんて。信じられないわ」

「ええ…、本当に突然でございまして」

奥村が沈痛な表情で慎《つつ》ましく目を伏せる。

「心筋梗塞《しんきんこうそく》ですって？」

「はい」

「それにしても、火葬したあとで知らせてくるってどういうことなの？」

泉の口調がいくぶん問いただすような、とげとげしいものになる。黒革のハンドバッグを握ったまま、高圧的に腕を組んでみせた。

「申し訳ございません。それが華様のご遺言でございまして。……他の皆様も同様でございます」

しかしまったく臆するところなく穏やかに答えた奥村に、泉がため息をつく。

「仕方ないわね…」

おそらく「他の皆様も同様」に納得、というか、安心したのだろう。

「……もう、来ているの？」

そして中をうかがうようにいくぶん声を落として尋ねたのに、奥村は上品にうなずいた。

「はい。半分ほどの方は。残りの方々も、夕方くらいまでにはお見えかと思います。弁護士さんがいらっしゃるのは六時の予定ですので」

そう…、とつぶやいて、泉が小さく息を吸いこむ。

まるで、戦闘開始、というみたいに。

そうだろう。今、この別荘には、華さんの遺言を聞くために親戚中が集まっているのだ。

まるで、砂糖に群がるアリみたいに。

亡くなった八色華は、業界では「女帝」と呼ばれる人だった。

もともとは夫が経営していた、いくつかのマッサージサロンがスタートだったらしい。しかし華さんがまだ二十代もなかばの頃、その夫が急逝し、華さんが経営を引き継いだ。

社長の未亡人とはいえ、まだ若い女に…、と、当初、まわりは渋い顔だったようだが、しかし華さんのビジネスの才覚は夫以上だったらしい。

女性のニーズを捉え、時代を読んだ展開で、あっという間に「YAIRO」ブランドの一大美容帝国を築き上げたのだ。

「88カラリア」というトータルエステティックの店舗を全国へ広げ、「カラリア・プレミア」、「カラリア・オム」など、次々と展開させていった。さらに、より専門的な美容クリニックやエステティシャンの養成学校、さらに化粧品や香水、最近ではヘアサロン、ネイルサロンと組み合わせたマッサージサロンなどにも手を広げていた。

七十になったのを機に八色グループの会長職から引退し、顧問という肩書きが残ったくらいで、この田舎《いなか》へ引っこんで悠々と隠居生活をしていたわけだが、しかしそのグループへの発言力、そして個人資産はかなりのものがあった。

実際、グループの株式の約三十パーセントは、今でも華さんの個人資産であるらしい。

それだけでも時価何十億だか、何百億だか……桜には想像もつかない世界だ。

相続税だけで、俺の人生何十回分の生涯収入かな…、とぼんやり思うくらいで。

一族、とはいっても、桜と華さんとの血のつながりは、果てしなく遠い。

泉にしても「おばあさま」と呼んではいるが、実際には華さんの従兄弟《いとこ》だか従姉妹《いとこ》だかの娘というくらいだ。

華さんは結局再婚もせず、子供もいなかった。華さん自身の親兄弟もすでに亡く、旦那の近親者も残っていない。

つまり今この別荘にいるのは、一族とはいえ、みんな似たり寄ったりの立場であり、華さんの死によって、何らかの恩恵にありつこうとして集まっているわけである。

むろん、母もそうだった。

緩やかにウェーブした茶色の髪を肩口で払い、いつになく落ち着いた濃紺《のうこん》のスーツから伸びる足で、カツ…ッ、と鋭くヒールの音を立て、泉が館へ入っていく。

「桜様、お車をお預かりいたします」

それを見送ってから、奥村が向き直って言った。

「ああ…」

様付けで呼ばれるのも慣れておらず、ちょっととまどいながらも、桜はキーをつけたまま、派手なフェアレディを下りた。

桜自身はまったくの庶民の生まれ育ちなのだ。今もぼろいアパートで一人暮らしをしている。泉は、まあ、そこそこのお嬢様で、夫と別れた今は自身の会社を経営しているわけだが、息子に対して何か特別な援助をしてくれるわけでもない。

この車も、もちろん自分のではなく泉の車だ。

身内のうち半分ほどの人間が来ている、ということは、すでに相当な人数が集まっているはずだが、見まわしたところに車がないのは、すべて別の駐車場にまわされているのだろう。

「華さん…、一人だったのか？　苦しまなかったのかな」

ポツリとつぶやくように言った桜に、やはり感情を乱さない口調で奥村が答えた。

「あっという間でしたので。私がついておりながら、力が足りず申し訳ございません」

「奥村さんのせいじゃないよ」

それでも深々と頭を下げられ、桜はあわててその肩をたたいた。

「もう一度くらい、華さんとゆっくり話したかったけどな…」

そんなにしょっちゅう会っていた、というわけではないが、立場のわりに気さくで、元気で、精力的なおばあちゃんだった。

　昔、子供の頃に桜が自分の名前のことでへこんでいた時でも、背中をぶったたいて笑い飛ばされたものだ。

『何言ってるの。いい名前じゃないの。私は好きだよ。桜って名前にどんなイメージをつけるのかは、結局、あんた次第なんだよ』

　――と。

　会うと、その溢《あふ》れるようなパワーを分けてもらえるような気がした。

　もうこの世にいないのだ――、と思うだけで、ぽっかりと穴が空いたような喪失感がある。遺体に会って別れを告げることすらできないから、なおさら、だろうか。

「華様もそう思っていらしたと思います」

　奥村が言ったその言葉に小さく笑ってうなずくと、桜もゆっくりと館の中へと足を踏み入れた。

　何かちょっと懐かしいような……後ろめたいような気持ちで。

　ここを訪れるのはちょうど一年ぶり、だった。

　最後に来たのが、去年の秋。

　そう…、恭吾と一緒に撮影に来て、泊まっていったのだ。華さんも元気で、恭吾とはずいぶん話が弾んでいた。

「お荷物がありましたら、お部屋の方に運んでおきますが?」

と、後ろから声をかけられたが、自分に荷物らしい荷物はなかった。必要な物はこの館で用意されていたし、せいぜい一泊分の着替えくらいだ。

泉も同じ条件のはずだが、それが大きなボストン二個分にもなっているのは、やはり女だからだろうか。

緩みきっていたタイを少しばかり締め直しながら、桜が玄関ロビーを抜け、誘うように開いていたすぐ横のドアをくぐると、そこにはすでに数十人の人間が集まっていた。

男も女も、いつになくダークスーツが多いのは、やはり通夜——というか、喪中を意識してのことだろう。

どうやら故人の遺志ということで、対外的な発表や葬儀は、まだ行われないらしい。

なので今日は、連絡を受けた身内だけが集まり、まあ、密葬、というか、お別れ会というか、そんなところだった。

……いや、もちろん、それだけではない。

それだけではないから、こんな遠くまで、それぞれにいそがしい身で、押しよせているのだ。

つまり今夜、身内を集めて、この館で遺言の公開が行われるというわけだった。

犬神家《いぬがみけ》のようなおどろおどろしさはないが、こんな乙女チックな豪邸にでっぷりとした中年男女がわさわさ集まっている、ということで、生々しさは十分にある。

建物の雰囲気にふさわしく、アフタヌーンティーだろうか。サンドイッチやスコーン、それに小さなケーキやチョコレートのスイーツ、カットフルーツなどが並ぶ横にコーヒーのサーバーもあるようで、桜はとりあえずそちらへ近づいていった。

「やあ、君は確か……？」

その間にも、新顔に気づいたオヤジたちから声がかかる。

「石橋泉の息子です」

「ああ…、桜くんか！　泉さんとこの。大きくなったねえ…」

さすがに名前は覚えられているらしい。

愛想笑いでそんなやりとりをいくつか重ね、しかし、自分とどういう関係の親戚なのだか、ほとんどわからない。直接の叔父叔母従兄弟あたりならまだしも、それより遠いとなると、まともに話したことすら、稀《まれ》だろう。

そう…、それこそ「華詣《もう》で」と呼ばれる年始の挨拶に連れて行かれた時に顔を合わせたことがあるくらいで。

桜はコーヒーのカップを手に、そっとその部屋を抜け出し、玄関ロビーを挟んで反対側の、扉の開いていたサロンホールへ足を踏み入れる。

あぁ…、と知らず、小さなため息にも似た声がこぼれ落ちた。

祭壇代わり、というのか。

正面に大きな遺影――ともいうべき華さんの写真が掲げられ、まわりは色とりどりの花で飾られていた。

白一色なんて辛気《しんき》くさい、という故人の遺志なのだろう。華さんらしい。

その前にざっと百席以上ものイスが整然と並んでいて、おそらくここで遺言が公開されるのだろうか。

桜は列の間を通り抜け、まっすぐにその写真の前へ向かう。

在りし日の明るく微笑む華さんの笑顔は、決して悪いものではない。

……が。

せめて遺影になる写真くらい、俺に撮らせてもらいたかったな…、と思う。

こんなに早く…、いきなり死んでしまうとは思ってもいなかった……。

「すっげー、これ全部、おまえのモンになるのっ？」

しんみりと感傷に浸っていると、ふいにドアの向こう、玄関ホールでにぎやかな声が弾ける。

新しく到着した客らしい。

「バーカ、そんな簡単じゃねぇよ。もしかしたらなるかも、ってくらいだろ。……けど、俺、華さんからは結構、近い親戚みたいだからなァ…。もしかしたら、もしかするかもなぁ…」

若い声だ。ふたりとも二十二、三、だろうか。にやにやと笑いながら答えたあとの声には、桜も聞き覚えがあった。

確か、エステチェーンの一つで社長をしている、宮本《みやもと》とかいう男の息子だ。

もしかしなくてもならないだろ…、と、桜などは内心で思うが。

華さんはバカではなかった。耄碌《もうろく》もしてなかったし、人を見る目もあった。

ハァ…、と思わず、深いため息をつく。

こんなのばっかり集まってくるのかと思うと、情けなくて涙が出そうだ。

自分もそのうちの一人、と言われれば、どうしようもないが。

正直な話、遺言状の隅っこに名前の一つも入れてもらって、百万でも二百万でも…、華さんには小遣い程度の遺産を残してくれてねぇかなー…、といじましい気持ちがないわけでもなかったから。

なにしろ、せっぱ詰まっている身の上だ。金が欲しくないはずはない。

ただ、金よりもやっぱり。

――死ぬの、早すぎるよ…、華さん。

大きな写真を見上げ、桜はもう一度、心の中でつぶやいた……。

そして、午後六時。

「それでは、ただ今より故八色華様の遺言状を公開させていただきます」

会場に、朗々とした弁護士の声が響き渡った――。

※　　※

「八色…って、どういうことよっ！」

「そんな男、身内にいたかっ!?」

ほとんど悲鳴と怒号、というべき声が会場に溢れ返った。

見たこともない――あるいはテレビや雑誌ではあるのかもしれないが、まだそこまで認識できていないのだろう――男の出現に、親戚たちはほとんどパニックに近い状態だ。

桜にしても、やはり呆然としていた。

――なんで……？

どうして恭吾が今日、ここにいるのかわからない。もちろん、彼が華さんの身内などでないことは桜にもわかっている。桜が一番よくわかっている、と言っていい。

確かに、恭吾と華さんとは面識があったし――実際、ふたりを引き合わせたのは桜だったのだ。

去年の秋に。

年齢を超えて、妙に話が弾んでいて、気が合っていたようではあった。桜そっちのけで、楽しそうに話していたのを思い出す。

……しかし、ここでうかつにそんなことを口にすれば、親戚中に袋だたきにされそうな雰囲気だ。

おそろしく殺気立っていて、それを笑顔で受け流している恭吾に、正直、困惑する。

「八色華氏は、半年ほど前、こちらの恭吾氏をご自身の籍に入れられました」

そしてさらり、と弁護士の口からそんな言葉が出た瞬間、会場中の空気が一気に沸騰した。

「な、何だと…っ⁉」

「あの年で結婚したっていうのっ？　おばあさまがっ？」

「おい…！　詐欺《さぎ》だろっ、これは！　あからさまに遺産目当ての結婚詐欺だっ！」

「ありえないでしょっ、こんな若い子と！」

いっせいに立ち上がったせいでぶつかり合ったイスが倒れ、津波のような勢いで今にも弁護士と恭吾を呑みこみそうだ。

――どういうつもりだ……？

すさまじい喧噪《けんそう》がわんわんと頭に響いて、桜もまともに何かを考えられない。

結婚？　恭吾と華さんが？

華さんは確か……享年七十二、だったはずだ。いくつ違いだ？

……いや、というか、年の問題じゃなくて、そもそも恭吾は――。

「ちょっと、先生っ！　先生もグルなんじゃないでしょうね!?」

ずいぶんと失礼なそんな声も飛んでいて、本当になりふりかまわず、という感じだ。

「お静かに願います。話はこれからです」

が、ぴしゃりと言った弁護士の声に、それでもいったんホールのざわめきが収まった。

静まったところで、やはり落ち着いた弁護士の声が響いてくる。

「ご結婚されたわけではありません。養子に迎えられたのです」

その言葉に、あぁ…、と桜は思わずため息をつく。

華さんは、若い子が好きだった。いや、ヘンな意味ではなく、華さんは自分に子供がいなかったせいか、家に小さな子供や若者たちが遊びに来るのを喜んでいたのだ。

若い親戚の子供たちのことはみんな、それなりに目をかけてくれていたと思う。

ただ、金に関しては厳しかった。自分が実業家だったせいだろう。助言はくれても、金を軽く貸すようなことはしなかったし、もちろん与えることもなかった。

とはいえ、決してケチだったわけではない。

自分の力で何かをしようとする者には、厳しい査定で融資などもしてくれたようだし、文化事業などにはかなり多額の寄付や後援もしていたらしい。

正しく、パトロン……パトロネス、というのか。

才能のある画家や音楽家の援助をしたり、企業としてもいろんなコンサートや舞台を協賛していた。

おそらく遺産も、そうしたところへの寄付にかなりの部分がまわるんだろうな…、と桜は思っていたのだが。

――養子、か……。

だから華さんが遺産でそんな文化事業を支援する基金を設立し、その運営をやらせるために養子という形で後継者を作った、というのなら納得できる話だ。

それが恭吾だった、というのは、かなりの驚きだが。

やはり、桜が紹介したことがきっかけだったのか。あれからふたりは連絡をとり合っていたのだろうか？

まったく、どちらからもそんな話は聞いていなかったが……まあ、華さんと会ったのは今年の一月が最後だったし、恭吾とも……春から会ってはいなかったから、仕方がないのかもしれない。

桜としては、そうだったのか…、と驚くだけだが、しかし集まった親戚一同にはとても納得できなかったのだろう。

親戚たちにしても、華さんの生前からずっと、養子をとるようにと勧めてはいたはずだった。

……もちろん、親戚の中から。

もっと言えば、自分の息子とか娘とかを、だろうが。

おばあさまももうお年ですし、先のことを考えておかないと。みすみす国に没収されるなんて、バカらしいでしょう――。

そんなふうに口をすっぱくして「忠告」していたようだから、今さらあわてることもないだろうにな…、とちょっと桜としては冷笑してしまう。

「養子って、アンタ…！　同じことでしょ！　老人をたぶらかしてとり入ってっ！」

「そ、そうだっ！　こんなことが許されるはずはないっ！　正式に訴えるぞっ」

親族たちの非難の口調はますますヒートアップしている。

「ちょっと……！　ちょっと、桜！」

と、そんな騒ぎの中、弁護士にかぶりつきの席で遺言公開を聞いていたらしい泉が、ダークスーツの群れから這《は》い出すようにして近づいてきた。

「あんた、アレ！　恭吾くんでしょっ？　知ってたのっ？」

ようやくピアノのところまでやってくると、にらみつけるようにして桜の胸倉を引っつかむ。

泉には友達として恭吾のことは一度、紹介していたし、アパレル関係の仕事をしているだけに、モデルということで覚えてもいたらしい。

「知らねぇよ。俺だって何が何だか……」

がしがしと頭をかいてうめくように言った桜の耳に、さらに厳しく弁護士の声が響いてくる。

「お静かに！　まだ話は終わっていません」

弁護士の倍も年配だろう男女が、その声に気をそがれたように黙りこむ。

「ただしご遺言では、実際に相続されるのはこちらの八色恭吾氏ではなく、ご親戚のどなたかに、すべての遺産が残されることになります」

高らかな宣言のようなその言葉に、一瞬、会場が水を打ったように静かになる。そして次の瞬間、一気にざわついた。

「それ…、どういうことなの？」

「ちゃんと説明してくれよ…！」

困惑したように、口々に声が上がる。

「息子を幸せにしてくれる男――、それが故八色華氏が遺言に指定した、全財産の相続人です。そしてその相手は、本日こちらにいらっしゃる皆さんを始め、ご親戚の中から選ばれます。もちろん、双方の合意によって、ですが」

弁護士の声が淡々とその言葉を述べた瞬間、おそらくは会場の誰もが――本人と弁護士をのぞいて――あっけにとられたに違いない。

「そ、それはいったいどういうことなんだ？　意味がわからないだろ…！」

本当に何が何だか、という混乱した様子で、中年の男が叫んでいる。

「……って、それ、もしかして、この人と結婚した相手に全財産を譲るってことっ？」

興奮し、うわずった女の声。

「いやしかし、男って——」

「ええ、申し訳ありませんが、お嬢さんではダメなんです」

と、初めて恭吾が口を開いた。

にっこりと、それこそグラビア向けの笑みで。

「私は男が好きな人間ですので」

◇　　　◇

誰にとっても想定外の、大きな混乱を引き起こした遺言公開のあと。

親戚たちはそれぞれにバタバタと善後策を協議しに、だろうか、走りまわり、あちこちで携帯をかけている姿も見える。

「……そうだ、うちのバカ息子だっ！　——何？　ハワイ？　そんなところで遊んでいる場合かっ！　すぐに呼びもどせっ！　今すぐにだっ！」

「そうなのよ…！　びっくりするわよ。だから、優《ゆう》ちゃんをね、すぐにここによこしてほしいの。……ええ、そう。——あなた、何言ってるの！　おばあさまの全財産なのよ!?」

声高に携帯に怒鳴りつけているオヤジや奥様方もいるが……、呼びもどしてどうしようというのだろう？

その息子にも気の毒な話だが、しかし資産数百億ともなると、相手が男だろうが女だろうが、どうでもよくなるのだろうか。

本当になりふりかまっていない感じで、もしこれで華《はな》さんが飼い猫にでも遺産を残していれば、動物相手でも結婚しそうな勢いだ。

何人かのご婦人方は不機嫌な顔で部屋の隅に集まってヒソヒソと何か話しているし、若者たちは……やはり、顔をつきあわせて何かを相談している。行くべきか、行かざるべきか。ハムレットも真っ青だ。

そして何人かは弁護士につめよって唾《つば》を飛ばしながら抗議しているし、……もちろん恭吾《きょうご》自身にも、容赦のない非難と罵声《ばせい》が飛んでいた。

「モデルですって？　まあ…、ずいぶんうまくおばあさまにとり入ったものね」

「君…！　君が自分から辞退すべきじゃないのかね？　八色《やいろ》家とはまったく縁もゆかりもない人間なんだからな！」

そんな言葉を聞くと、あんただって恭吾と変わらねぇくらい縁もゆかりもないだろ、と言ってやりたくなる。

誰も彼も、もともとたいした血のつながりではないのだ。

「桜《さくら》っ、すごいじゃないの！　チャンスよ、これはっ！」

泉《いずみ》が両目に円マークを浮かべるような勢いで、桜ににじりよってきた。

「……何が？」

それにあえて素っ気なく、冷淡に聞き返す。

行儀が悪いが、烏龍茶《ウーロン》のグラスを灰皿代わりに、ポケットからタバコをとり出して、一本、火をつける。吸ってでもいなけりゃ、やってられない。

「何がじゃないわよ、何がじゃ！」

くわえたばかりのタバコを泉がひったくり、桜の襟首《えりくび》をつかんで、それでもあたりをはばかってか小声で噛《か》みついてくる。

「今、家にお金がないのは知ってんでしょ、バカ息子っ」

そして、大きく吸ったタバコの煙を思いきり桜の顔に吐きかけると、タバコはそのまま、浅く烏龍茶の残ったグラスに投げ入れた。

「手塩にかけて育てた、実の子より可愛《かわい》い私のアニーちゃんが！　アメリカの成金野郎に乗っ取られようとしてんのよ？」

泉は「アニー・グレイス」と「アニー・ローズ」という姉妹ブランドのオーナー社長だ。

徹底的に自分の趣味を追求した、少女チックな……桜から見れば、ほとんど異世界の、いわゆるフリフリドレスとレースとリボンの夢の国である。いったい、実社会のどこで着る場所があるんだろう…？　と桜などはいつも疑問に思うような、少女チックな衣装から、そのラインの小物などを扱っている。

まあ、自分にそれが似合わないのはわかっているらしく、泉自身はたいていはボディコンのファッションなので、それだけはまだマシ、とホッとしている桜である。……それはそれで派手なので、あんまり一緒に歩きたくはないのだが。

しかし、昨今の不況でその経営がこのところかなり思わしくないようで、アメリカのアパレル関係の会社からは吸収合併の話が来ているらしく、どうやら華さんが死ぬ前から援助をあてにしていたらしい。

「もういよいよ最終手段しか残ってないってのにっ」

「最終手段て？」

そんなモンがあるなら、出し惜《お》しみせずにさっさと出せ、という気がするが。

「私の身体を張った色仕掛けに決まってるじゃないのっ。アンタにアメリカ人のパパができるかもね」

「い…？」

堂々と言い切った母親に、桜は思わず声を失った。

「メタボオヤジにあんたの母親が身を任せようかって瀬戸際《せとぎわ》なのよ？　少しはやる気を出しなっ！」

……いやあ、それはむしろ、吸収合併の条件につけた方がいいんじゃねぇの……？

と、思わず内心で思う。

そのメタボオヤジも裸足《はだし》で逃げ出し、話も流れそうだ。

と、その時だった。

「桜」

弁護士と前の方で何やら話していた恭吾が、それも終わったのかまっすぐにこちらにやってきて、泉の背中から静かに声をかけてきた。

その声にひさしぶりに名前を呼ばれて、ドキリ、と一瞬、心臓が跳ねる。喉《のど》がうっすらと渇いてくる。

あれから…、最後に会ってから、電話やメールも一度もなかった。もちろん、桜から連絡をとれた義理でもない。

会って、何が言えるわけでもなかったから。

時折、口伝えで仕事の様子などを聞くくらいだったが、仕事の方は順調そうだった。

それだけに、どうして…？　と思う。

どうぞ、と恭吾がピアノの上に小さな陶器の灰皿をおいた。

「あら、ありがと、恭吾くん。……おひさしぶりね」

ハッとふり返った泉が、おほほほほっ、と素早く鬼相を満面の笑みに変えて言った。

「ご無沙汰《ぶさた》してます、泉さん」

それにやはりにこやかに微笑《ほほえ》んだまま、恭吾が行儀よく会釈を返した。

「こんなところで会うなんてねえ…、まあ。世の中って狭いわねー。――そうそう、私、電話しなくちゃ。ちょっと失礼するわね」

いわゆる、あとは若いお二人で、というやつだろうか。

肘《ひじ》で桜の脇腹《わきばら》を突き上げると、明らかに「うまくやるのよ！」という目つきで息子をにらみつけ、泉が去っていく。

「ちょっと泉さん…！　あんた、あの子と知り合いなの？」

「あんたが裏で何か仕組んだのかねっ？　卑怯じゃないか、こんなやり方はっ！」

「出来レースじゃないのかっ？」

それを――というか、恭吾の動きを、だろう、カーナビのようにずっと追っていたらしい親戚連中から、その泉への集中砲火が始まっていた。

「あら…、私は何も存じませんでしたわ。息子がたまたま、彼と大学の同期だったというだけで。でもおばあさまらしいサプライズで、とてもフェアなやり方じゃありませんこと？　誰にでもチャンスがあるということですもの。……そうそう、女性以外にはね。なんでしたら、社長が彼にアプローチされたらいかがです？　金遣いが荒いとこぼしてらっしゃった奥様とも、離婚できるいいチャンスじゃありませんの？」

しかし泉は鉄壁の面《つら》の皮でそれを跳ね返し、失礼、と勝ち誇った顔でホールを出て行った。

それを見送って、ハァ…、と桜は思わず、大きなため息をつく。

「相変わらずパワフルだな、泉さん」

恭吾もその背中を眺めながら、くすくすと笑った。

桜はピアノイスにだらしなく腰を下ろし、後ろの壁にべったりと背を預けたまま、ちらっと、その横顔を眺めた。

……半年ぶり、だ。

まさかこんなところで再会するとは、思ってもみなかった。

いったいいつの間に、こんなことになっていたのか。

「おまえ…、華さんに話したのか？　その、自分がゲイだってこと」

真正面から顔が見られず、何かしていなくては気持ちが落ち着かなくて、桜は新しいタバコに火をつけながら尋ねた。

そうでなければ、華さんがあんな条件を出すはずもない。

なにしろ、相続人になるためには恭吾と正式に養子縁組をして籍を入れる、というのが条件でもあるらしい。とりあえず、相手の本気度を測るためだろう。

「うん。華さん、そっち方面に理解があってね。というか、わりと好きみたいで」

恭吾が苦笑する。

「好き?」

意味がわからず、眉間《みけん》に皺《しわ》をよせて桜はさらに聞き返した。

「最近、はやってるみたいだよ。女の子の間では、そういうの。華さん、マンガとかもすごく読んでただろう?」

それは桜も知っているが。

この別荘の一角には、華さんの蔵書を収めた図書室もあったはずだ。経営関係の本も多かったが、引退してからは、これで趣味の本にのめりこめるわね、と喜んではいた。……確かに。

というか。

「……女の子?」

そういうの、の、意味もいまいちわからないし、七十二歳を捉《つか》まえて「女の子」かどうかもずいぶんあやしい。

「女性はいくつになっても女の子だよ。多分、年をとってくると、よけい少女にもどるんじゃないかな」

「ふ、ふぅん…」

そんなふうにおっとりと諭され、桜はうなずくしかない。

「華さんはほら、歌劇団とかも好きだっただろう?」

「ああ…」

そういえばそうだ。よく協賛とか後援とかしていた。

「あれだって、女同士の一種、倒錯した世界だし」

「うーん…」

やたらとタバコをふかしながら、桜はうなる。

まあ、夢の世界ではある。

「華さん、どうやらここでギムナジウムみたいなの、やりたかったみたいで」

「ぎ、ぎむなじうむ……?」

ますますすっぱいものを飲んだように、桜は顔をしかめた。

「か、身体、弱いのか? 弱かったっけ? おまえ……」

「俺はわりと健康優良児だけど」

……ナニソレ……?

「っていうか、モーリスの世界、かな?」

「も、もーりす…?」

どうやらイロイロと桜には理解不可能な世界のようで、深くつっこむのはあきらめる。

「おまえが華さんとそんなに親しかったとは知らなかったよ…。息子とはな」

そんな桜の言葉に、恭吾がかすかに笑った。

「ちょうど去年の今頃だったな。ここに泊まった時、紹介してもらっただろう？　気に入ってもらって、時々、会ったりもしてたよ。……いろんな相談をしてた。俺、親戚が少ないからね。おじいちゃんとかおばあちゃんとかもぜんぜんいなかったから…、すごくうれしかったよ」

恭吾の気持ちはよくわかった。桜にしても、小さい頃から華さんにはいろんな相談をしたり、グチを言ったりしていたのだ。

そうするといつも豪快に、前向きに励ましてくれた。自分の悩みがほんの些細《ささい》なことに思えるように。

「ふられた時も、ちょっと泣きに来たしね」

さらりと言われた言葉に、さすがに胸が痛んだ。小さく唇を噛《か》む。

……失恋するたび、こいつは泣いてるんだろうか……？

ふと、そんなことを思った。

出会った時もそうだったのだ。

きれいな泣き顔――だが、自分がそれをさせたいわけじゃなかった。

……どうして……俺の前に現れた？

ふられた、そのあとになっても。

「惜しかった、って思わないか？　俺をふって」

いくぶんからかうように、恭吾がそんなことを尋ねてくる。

「……いや」

ちょっと視線を外して、桜は低く言った。タバコの煙を大きく吐き出して。

それが痩《や》せ我慢なのかどうなのか、自分でもよくわからない。

ふっと、吐息だけで恭吾が笑った。

「そうか…」

バカな男だな、と思っているのか。それとも、桜らしい、と思っているのか。

そう。あの時は、恭吾から告白されたのだ。

今、あの時は悪かった、とあやまることは、簡単なのかもしれない。本当は俺も好きだったんだ——、と。

だが桜にとっては、あの時よりさらに状況は悪くなっている気がした。

今そんなことを言い出したら、いかにも金目当てだ。

「……それより、おまえ」

桜はタバコを灰皿で消して、何か思いきるように厳しい眼差しで男を見上げた。

「気をつけろよ。普通の財産じゃねぇんだし…、連中も何してくるかわからねぇからな」

顎《あご》で自分たちを遠巻きにしている男たちを指して、桜は言った。

「心配してくれるのか？　やっぱり優しいな、桜は」

くすっと笑って言った恭吾に、桜はムッとする。

「寝覚めが悪いだろうが。おまえに何かあったら」

どういう何か、なのかは自分でもはっきりとしなかったが…、しかし何らかの手を使って、親戚一同、恭吾には権利を放棄させようとするはずだ。

……あるいは。

身内を総動員して、恭吾にアプローチしてくるのだろうか？

遺言では、二週間以内に相手を決めること、となっているらしい。

どうしてそんな人生の重大事がたった二週間なんだ、と思うが。

「桜、しばらくここに泊まるんだろう？」

と、いきなり恭吾が尋ねてきた。

「え？　ああ…、まあ」

しばらく、というか、一晩のつもりだったが…、どうやらその二週間、恭吾はここにいるようだったし、おそらく親戚たちも見張るみたいに居すわるのだろう。ライバルを牽制する意味でも。

新しい伴侶候補もどんどん送りこまれてきそうだし…、泉にしても、こうなったらしばらくは居続けるに違いなく、桜も引きずられるに決まっている。

……そもそもこの状況で、恭吾を残して帰れる気がしない。

もともと桜にしても、金策のためにここに来たのだ。亡くなった華さんは無理だとしても、いくぶん親しい親戚の誰か…、という甘い考えがないわけではなかった。

が、この状態ではそれも無理だろう。

ただ金の用意ができなければ、帰っても意味がない、とも言える。

仕事がないわけではないが、今は金策が急務なのだ。

「じゃあ、また明日」

軽く手を上げて、恭吾が背を向ける。

まっすぐな姿勢で、さすがにきれいな歩き方だ。知らず目を惹《ひ》かれる。

——あいつが……誰か、選ぶのか？

新しい恋人を。生涯の伴侶を。

たった二週間で……この親戚の中から？

それを目の前で見てろと？

「クソ…っ」

低く吐き捨てて、桜は無意識にピアノカバーを拳《こぶし》で殴《なぐ》りつけた——。

その驚愕《きょうがく》の一夜が明ける頃には、どうやら親戚たちはそれぞれに現実への対処の方向性を決めたようだった。

仕事のある社長サンたちはいったん会社へ帰った者も多かったが、妻子や秘書の誰かは見張りのように残していた。ホテル並みに部屋のある別荘だけに、今日は大人数の泊まりの準備もされていたようだ。

桜自身も悶々《もんもん》と一晩考えて、恭吾がここで相手を見つけるというのならそれも仕方がないのか…、と結論づけるしかなかった。

今さら、自分が何を言えるわけでもない。そんな権利はない。

ただせめて、それならまともな男を、と思ってしまう。

華さんの言葉通り、恭吾を幸せにしてくれる男を、だ。

もう二度と、泣き顔を見なくてすむように。

これ以上、他の誰にも見せないように——。

親戚一同の対処は、おおむね三パターンに分かれているようだった。

別の弁護士に相談して、法律的な解釈で、遺言状を無効にしようとしている者。

積極的に恭吾にアプローチして、その伴侶の座を得ようとする者。あるいはそこまでしなくとも、恭吾に媚《こ》びを売って、財産管理に協力を申し出ようとする者。

そして、真正面から恭吾を非難し、自ら辞退させようとする者——。

翌日、さすがに人数が多いので、三々五々に下りてくる客たちにいちいち給仕もできないのだろう、朝食はバイキング形式になっていた。

あまりよく眠れなかった桜は、めずらしく早めに一階のダイニングへ下りていき、緑の芝生《しばふ》と噴水の美しい庭がのぞめる窓際の席で、あくびを噛み殺しながらコーヒーをすすっていた。泉とは別の部屋だったが、もちろん泉はまだ夢の中だろう。おそらくは昨晩、この別荘にいる人間の中でもっともいい夢が見られたに違いない。

……まったくのとらぬ狸《たぬき》なのだが。

すでに朝食をとっている親戚たちの姿も何人かあったし、ここだけを見れば優雅な高原ホテルでののどかな朝食風景といった感じなのだが。

ようやく腹の方も目覚め、桜がトーストと目玉焼きを口にし始めた頃、ざわり、とふいに、それまでののんびりとした空気が乱れ、ダイニングに一気に緊張が走った。

ん？　と顔を上げると、例のごとく恭吾が朝っぱらからさわやかな顔つきで入ってきたところだった。

白いシャツとコットンパンツというラフな格好だが、いかにもすがすがしい雰囲気だ。

――なんだかなぁ…。

と、桜はため息をついてしまう。

そのすがすがしさが、財産をかっさらわれた気持ちの親戚たちには小憎たらしくもあるのだろう。

恭吾へ向けられる視線が、一様に厳しい。あからさまににらむ者も、うさん臭そうに眺める者もいる。

四六時中、まわりからの視線を浴びているのはわかっているはずだが、恭吾に気にした様子はまったくなかった。

まるでそんな視線には気づいてもいないそぶりで、大きな皿に食べ物を盛りつけていく。

やはりモデルだけあって、注目されるのに慣《な》れているのだろうか。……その視線の意味や強さは、かなり違うと思うが。

恭吾は片手に大きなプレート、そしてもう片方にコーヒーのカップを持って、ふわりとダイニングを見渡した。

ちょっとした結婚式もできそうな、だだっ広いダイニングだ。

廊下側の壁沿いには食べ物が並び、中央の長いパーティー用のテーブルにはざっと四十人くらいはすわれるだろうか。さらに四人掛けの小さめのテーブルが、窓際や壁際にいくつか並べられている。

その一つに腰を下ろしていた桜に、恭吾は気づいたようだ。

ふいに目が合って——無意識なままだったが、桜の方がじっと見つめていたのだから当然だ——恭吾が小さく微笑む。

まずい、とようやく自分が見ていたことに気づいたが、もう遅かった。

恭吾は皿とコーヒーを持ったまま、ゆっくりとこちらへ向かってくる。

「おはよう。一緒にかまわないか？」

「あぁ…」

さわやかに聞かれて、ダメだという理由もない。

……というか、本来ならむしろ恭吾の方で避けていいはずだったが。

なにしろ、ふられた、わけだから。

桜はこっそりとため息をつく。

別れてからずっと、写真の中で見るだけだった。大学時代に出会ってから、別れた時までの――そう、最後に撮ったのはちょうど去年の今頃の……あの時の寝顔、だった。

疲れて乱雑なアパートに帰ってきて、何を片づける気力もなく…、しかしその写真をうっかり、その、おかずにしてしまったこともある。

グラビアの中のすかした、作られた笑顔ではない。

自分だけの知っている、無防備な顔――。

いろんな表情。

目をつぶるといろんな顔が浮かんできて、ヤバイ…、と思う間もなく身体の方は反応していた。

ずっと、写真だけ、だった。自分の手元に残ったのは。

こんなふうにいきなり目の前に現れられると、正直、……本当にヤバイ、のだ。

自分のしていたことが知られているはずもないのに、妙に目が合わせられない。

「ずいぶん早いんだな」

テーブルに皿と握っていたカトラリー、そしてコーヒーのカップをおき、向かいのイスを引いてすわりながら、恭吾の方は落ち着いた様子で言った。

「おまえにはめずらしい」

くすっと笑うようにつけ足されて、桜はちょっとつまる。

確かに桜は、朝に強い方ではなかったのだ。

昔は何度も…、おたがいの家に泊まったことがあったが、必ず恭吾の方が先に起きていた。どちらのアパートででも、あり合わせのものでよく朝食を作ってくれたのを思い出す。

「学生時代とは違うさ…。早朝から仕事が入ることも多いしな」

「そうだな。モデルもだけど、カメラマンも不規則な仕事だしね」

言い訳みたいに言った桜にうなずいてから、ちらっと桜の手元を眺め、ため息をつくように言った。

「けど、だからこそだろ。もうちょっと食べ物に気をつけた方がいいんじゃないか?」

確かに自分が皿にとっているのはトーストと目玉焼きだけだが、恭吾の皿にはパンと卵だけでなく、サラダもヨーグルトの小鉢もフルーツも盛られている。いかにもバランスがよく、彩りもよい。

「まぁな…」

うなるしかなく、桜はとりあえずフォークの先で目玉焼きをつっついた。

「でも、今日はオフなんだろう?」

サラダを口に運びながら、恭吾がふと気づいたように首をかしげる。

もちろん、そうでなければこんなところに泊まっていないわけだ。

そして口元に意味深な笑みを浮かべて、うかがうように桜を眺めてくる。

「ちょっと目が赤い。ゆうべは寝られなかったのか?」

「えっ?　いや…、別に」

鋭く指摘されて、桜は言い訳にも答えにもならないことを口の中でうめきながら、あわてて卵を口に入れた。

だが、寝不足なのは明らかで、その理由をどう、恭吾は考えているのだろうか?

逃がした魚は大きい、と、悔しがっているとでも思っているのだろうか…。それが小気味いいのか。

「おまえさ…、華さんの財産とかもらってどうするつもりなんだ?」

桜はフォークの先をカツカツ…、と皿にぶつけながら、無意識にそんなことを尋ねていた。

恭吾が、財産目当てで華さんに近づいたわけではないはずだ。学生時代と違って、今の恭吾はさほど金に困っているわけでもない。それほど金に執着があったようにも思えない。ややこしくなることはわかっていたはずで、これだけの人間の前でカミングアウトするくらいなら、権利を放棄してもよかったのではないか。

そう、恭吾にとっては見ず知らずの人間でも、恭吾のことはすぐにみんな知ることになる。その仕事や何かも。

財産目当てで老人に近づいただとか、同性が好きなこととか。悪い方に口さがなく噂《うわさ》を立てられることだってあるだろうし、故意に流される可能性もある。

恭吾の仕事にもマイナスになることじゃないのか、と思う。

なのに、何のために…？

やはり、数百億という財産は人間を変えるのか。あるいは——ただ。

ただ自分への、腹いせなのか。

「俺がもらうわけじゃないよ」

しかし数口でヨーグルトを空にした恭吾が、さらりと言ってテーブルへ小鉢をもどす。

「え？」

驚いて桜は顔を上げた。

「弁護士が言ってただろう？　ちゃんと聞いてろよ」

おもしろそうに目を瞬《しばたた》かせて恭吾が笑う。

「財産を相続するのは、俺のパートナーだよ。だから、華さんの身内から選ぶんだろう？　その方がまだしも、みんな納得できるんじゃないの？」

「ああ…」

そういえばそんなことを言っていたか…、とも思うが、しかし妙に釈然としない。

それだと、恭吾にとってのメリットは何もないことになる。性癖を公表したりとかのデメリットに比べると。まあ、もちろん、パートナーに遺産が入れば、それなりに恭吾にも権利はあるのだろうが。

「じゃあ、おまえ、何のためにさ…。ていうか、おまえの母親は賛成したのか？　おまえが養子に出るの？」

ふと思い出して、桜は尋ねた。

今も療養所暮らしの母親にしてみれば、自分の息子じゃなくなるような感覚で淋《さび》しいんじゃないだろうか。

「うん」

が、それに恭吾は微笑んだ。

「安心してたかな。自分が死んだあともこれで心配ない、って。それに華さんにいい保養所、紹介してもらったんだよ。母のことも、娘になるようなものだから、って費用も出してくれたしね」

ふぅん、と桜がうなった時だった。

「……ちょっと、あなた。立野《たての》恭吾さんとおっしゃった？」

と、いきなり桜の背中の方からキンキンと甲高い女の声がかかった。

肩越しにふり返ると、痩せた背の高い女が立っていた。五十前後だろうか。フレームや留《と》め金が金色で、宝石も入ったやたらゴージャスな眼鏡《めがね》をかけたおば様だ。

そういえば見覚えのある顔だったが、名前は覚えていない。

「八色恭吾です」

にっこりと、あからさまな嫌みを気にしたふうもなく、恭吾が言い直す。

おいおい…、と桜は内心でうめいた。

そんなに刺激しなくても、というか。

恭吾は基本的にまわりと争う方ではないし、人当たりもいい。学生時代も、おそらく今の仕事上でも。

だから「王子様」といったお高いイメージよりむしろ、優しく女性をエスコートする上品なジェントルマン、という雰囲気なのだろう。

しかし実は、意外と気は強い――と思う。

やられたらやり返す、というか、やられっぱなしではいない、というか。

「たいしたものよね、あのおばあさまをたぶらかすなんて」

「たぶらかす、ですか…」

いかにもな口調で言った女に、恭吾が口元でちょっと笑ってみせた。

おそらくはそれが、相手をさらに怒らせることはわかっていて。

「そう思いたいお気持ちはわかりますが。華さんは誰かにたぶらかされるような人じゃない。あなたが本当に『身内』なら、そのくらいのことはおわかりじゃないんですか?」

にっこりとすがすがしく、かなり辛辣《しんらつ》なしっぺ返しだ。

「なっ…なんですって…!」

女の顔が真っ赤になり、ヒステリックに叫んだ。

「なんて恥知らずな男なの…っ!　八色の血縁でもないくせに…!」

「血縁って言い方をすれば、あんたも華さんとはまともな血のつながりはないんじゃないのか」

その女の言葉にムッとして、思わず桜は口を出していた。

それにキッ、と鋭い視線が返る。

「あなた、泉さんところの息子さんね?　……そう、泉さんが仕組んだことだったのね。おばあさまが気に入りそうな子を見つけてきて、近づけたってわけ」

「あんたな…!」

「桜」

いかにも憎々しげに言った女の言葉に思わず立ち上がりかけた桜を、恭吾が止めた。

「おまえが買うケンカじゃないだろう」

ちょっとあきれたように苦笑する。

そんなやりとりに女が鼻を鳴らすようにして言った。

「財産目当てじゃないんなら、相続放棄を申し出てもいいんじゃないのかしら？　おばあさまの遺産は、おばあさまが手塩にかけられた会社を守っていく者たちで配分するのが本筋だと思いますけど」

どうやら関連会社の社長夫人か何かなのだろう。

と、その時、穏やかな声がふいに耳に届いた。

「指定された相続人が自ら辞退した場合、遺産はすべて寄付されることになっているんですよ、竹脇《たけわき》の奥様」

ハッとふり返ると、トレイを手にした男が立っていた。

芝崎《しばざき》とかいう弁護士だ。どうやらこの男も、ゆうべは別荘に泊まったらしい。

恭吾の後見人、というか、遺言の見届け人というか、そんな役目なのだろうか。

朝っぱらからきっちりとしたスーツ姿だ。

竹脇というのがこの女の名前のようだが、言われてさえ、桜には思いあたらない。

が、さすがに弁護士としては、顔と相関図が頭に入っているのだろう。

「さらにもし、この二週間で恭吾さんが相手を決めなければ、同様に財産はすべて寄付されます」

そうなのか…、と、桜はちょっと目を瞬いた。

つまり、恭吾が財産を得ようと思えば、絶対に誰かを選ばなければならない、ということだ。

親戚たちにとっては、恭吾に放棄させても寄付されるだけなら、恭吾をとりこむ方がいいに決まっている。

「それに恭吾さんは正式な養子ですから、遺言にかかわらず、申し立てをすれば遺留分を請求できる立場なんですよ。全財産の半分…、といっても相当なものですからね」

「そ、そんな…！」

さらりと言った弁護士の言葉に、女が顔色を変え、言葉をつまらせる。

「もちろん私は財産目当てではありませんから、よい相手が見つからなければ、華さんの遺志に従って全財産を寄付するつもりでいますが？　……ああ、でも、どうせ財産目当てだと思われているのなら、遺留分くらい請求してもいいのかもしれないなあ」

恭吾がどこかのんびりとした口調で言う。

痛烈な嫌がらせだ。

ちょっと横を向いて、桜はこっそりとため息をついた。

「なんですってっ?」

女が目を見開いて悲鳴のような声を上げる。そして桜を指さして叫んだ。

「ど、どうせ、この男とできてるんでしょ! 茶番よ、こんなのはっ」

「桜にはもうふられてるんですよ。告白したんですけどね」

しかしさらりと答えた恭吾に、えっ? と一瞬絶句して、桜と恭吾の顔を見比べる。

「どうだか…っ」

だが収まりがつかなくなったのか、女は吐き捨てるようにそう言うと、足音も荒くダイニングから出て行った。

残された三人と、そして固唾《かたず》を呑《の》んでこの会話に聞き耳を立てていたらしいダイニング中の人間が彼女の背中を見送り、そしてハッとしたように視線をそらし、白々しく自分たちの会話にもどった。

「同席してよろしいですか?」

同様に呆然《ぼうぜん》としていた桜も、ようやくその弁護士の声で我に返る。

「あ…、あぁ…、どうぞ」

桜がうなずくと、失礼します、と礼儀正しく、芝崎があまっていた席の一つに腰を下ろした。

「石橋《いしばし》桜さん…、ですね?」

確認するようにじっと眼鏡の奥から見つめられ、桜は、はぁ…、ととりあえず答える。

桜とは、一応初対面のはずだし、やはりこの弁護士の頭には、親戚一同の顔と名前がインプットされているのかもしれない。

「華さんは生前、よくあなたのことを話していらっしゃいましたよ。なかなかがんばってる、と」

「そう、ですか……」

どうも、と桜は首を縮めるように頭を下げた。

そう言われると、やはりうれしい気はするが、しかし現状を考えると情けなくもある。

そう思うんなら、遺産も少しくらい…、と考えてしまうのは人情だと思ってほしい。

「ゆうべはよく眠れましたか？」

今度は恭吾の方に向き直って、やはりシンプルでバランスのよい朝食を口に運びながら、芝崎が尋ねている。

「ええ。空気のいいところですからね、ここは」

それに恭吾も微笑んで返す。

「お仕事はよろしいんですか？　撮影などは」

「ええ。しばらくはオフをもらっているんです」

何気ないやりとりが打ち解けているようで、……やはりこの遺言公開前に打ち合わせなどで顔を合わせていたのだろう。

ぼーっ、とコーヒーを飲みながら、なんとなく二人の会話を聞いているうちに、あ…、と桜はふいに思いつく。

この芝崎という男は、多分、桜たちよりも三つ四つ年上、というところだろうか。弁護士という仕事だけあって、知的で落ちついた雰囲気で……考えてみれば、恭吾のタイプのど真ん中、じゃないのか？

桜の知っている限り、恭吾のつきあう男はみんな年上で、やはりこんなふうに知的な仕事に就いている人間が多かった——と思う。もしくは芸術家方面か。

もちろん正式に紹介されたわけじゃないし、言葉の端々から想像するくらいだったが。

だとすれば、この男と少しでも長い時間一緒にいるために、恭吾はこんなことをしているのだろうか…、とも思う。

……じゃあなんで、俺だったんだ？

しかしふいに、そんな疑問が浮かんでしまう。

どう考えても、自分が恭吾のタイプとは思えないが。

恭吾の気の迷いとか。ひょっとしてあの時は、男にふられて淋しかったとか。

拒絶して正解だったんだよな…、となかば自分に言い聞かせるように心の中で思う。

……惜しくない、わけじゃないが。

いや、つまり金じゃなくて。

あの時が、もしかしなくても、自分にとってはたった一度のチャンスだったのかもしれないのだ。

「あわただしくてすみませんが、お先に失礼します」

ちらっと腕時計に目を落とし、素早く朝食を終えた芝崎が立ち上がった。

「では、またのちほど」

「あ、芝崎さんはずっとこちらにお泊まりですか？」

そんなふうに軽く頭を下げた芝崎に、恭吾が思い出したように尋ねている。

「ええ…、昼間は空けることも多いですが。最後まで見届ける義務がありますので。何かありましたら、ご相談ください」

穏やかにそんなふうに言うと、じゃ、と桜にも軽く会釈して、颯爽《さっそう》と男がダイニングを出た。

「大変だよな…。関係ないのに、あの人もいろいろ責められて」

恭吾が肩をすくめて、自分の終わった皿を彼の皿の上に重ねていく。

「……おまえのタイプだろ？　あの男」

底の見えたコーヒーを飲み干しながら、桜はさりげなく尋ねた。

顔を上げてちらっと桜の目を見た恭吾が、微笑んでうなずく。

「うん。いいね。好きなタイプだよ」

……やっぱり。

と、桜はため息をついた。

「華さんの身内じゃなくて残念だったな」

そして、ちょっと試すような気持ちでそんな言葉を口にする。

もし——財産に興味がないのなら。

放棄してあの男を選んでもいいわけだ。

……もちろん、むこうにもそれを拒絶する権利はあるだろうが。

「そうだね」

恭吾は手元に残ったコーヒーカップを持ち上げるようにして、ただ静かにうなずいた。

感情が読めない。

が、そうしないのは——やはり。

金なんだろうか……?

ふっと恭吾がわずかに上目遣いで、探るような、あるいはからかうような眼差しで見つめてくる。

「桜だったら、条件的には問題ないんだけどね?」

桜はわずかに息を吸いこんだ。

それは共犯の誘いなのか、それとも——?

「条件的にはな…」

桜は目をそらし、つぶやくように聞いていた。

「おまえ、……その、俺のどこがよかったんだ?」

ふっと上目遣いに尋ねた桜に、恭吾がちょっとため息をつく。

「そういう意味でタイプじゃなかったんだよな…、桜は。ノン気だってわかってたから、考えないようにもしてたしね」

指先で手慰《てなぐさ》みのようにカップの端を弾《はじ》き、恭吾が口元で小さく笑った。

「なんでかな……」

そう言われても、桜には返事のしようはないが。


それから一週間——。

桜も二、三度は東京《とうきょう》にもどったが、なるべく泊まりはこちらに帰るようにしていた。

恭吾の方は、ずっとここに腰を据《す》えているようだ。

そして何をしているかというと、のんびりと高原のリゾート生活を楽しんでいるらしい。

裏の森を散策したり、日当たりのいいテラスで本を読んだり。温水プール（あるのだ）で泳いだり、温室の花を愛《め》でたり。一度は、弁護士を相手にテニスで汗を流しているのを見かけたこともある。

自分の一挙手一投足に厳しい眼差しが向けられているとわかっていて、よくそんな優雅な生活ができるな…、と桜などは内心、感心してしまうくらいだ。

「すっかりこの館の主気取りね」

と、そんな聞こえよがしの辛辣な声も耳に入っていないように、恭吾は明るく、そして超然としていた。

が、やはり否応なく、まわりの方は動き始めているようで、「刺客《しかく》」というのか「ハンター」と言うべきか、恭吾のパートナーを目指して、二、三十代の比較的若い男たちが連日、新しいゲストとして到着するようになっていた。

どこかの社長の息子だとか、さらに遠縁の男だとか。

顔をしかめてそれを眺める人々も確かにいたが、積極的にアプローチすることにした者が多いようだった。

例の、恭吾が辞退すれば全財産を寄付、という話が伝わったのかもしれない。

とすると、とりあえず恭吾をとりこむしか手はないわけだ。

いかにも手慣れたホスト風の男だとか、可愛《かわい》い学生っぽい男だとか。あるいは、やり手のビジネスマン風の男だとか。

恭吾の趣味や好みをリサーチしてか、ありとあらゆる場面で、隙《すき》を逃さずアプローチが繰り返されている。

日中はまわりから人が途切れることがなく、ほとんどハーレム状態と言えるかもしれない。

……いや、まったくうらやましくはないが。

——なんだかなあ…。

と、それを遠目にしながら、桜はポリポリと頭をかいた。

いったい恭吾は何をしたいんだろう…、と思ってしまう。

まわりをとり囲む男たちの間で、微妙な駆け引きや牽制も行われているようで、しかし恭吾は、特定の誰かになびく様子は見せなかった。まあ、誰に対しても礼儀正しく、愛想はよかったが、ぴしゃり、とその鼻先でドアを閉めるような感じだろうか。

桜も一応、ここに滞在しているものの、時間を持て余し、時折、カメラを持って付近を撮影に出かけたりしていた。

特に夕暮れ時や、早朝の景色。花や小鳥。

肖像ではなかったが、ふいにそのレンズの中に恭吾が入りこんでくる時がある。

偶然か…、自分が追ってしまうのか。

——撮りたい…、と思う。

その表情を追いながら、指が無意識にシャッターを切り、その音に気づいた恭吾がふっとこちらを見る。

そしてレンズの中で、くすっと笑う。

なんだろう…？

相変わらずだな、と言っているようでも、バカだな…、と言っているようでもある。

「あんた…、一度、恭吾さんをふったんだろ？　今さらじゃないの？　未練がましいんだよ」

恭吾のとり巻きのようになっている一人があざ笑うように言って、やはり目障りなのだろう、桜を追い払おうとした。

だがそれに恭吾は、さらりと言っただけだった。

「好きにさせておいていいよ、桜は。好きに撮ればいい」

まっすぐに、挑戦的な目で桜を見て。

「どうせ、俺のことはモデルとしてしか興味がないんだろうし。……それとも今度は、桜から告白してくれるの？」

そんな皮肉めいた言葉は、やはりあの時――ふったことへの嫌みだろうか。

「でもそんなに俺ばっかり撮ってると、俺の尻を追っかけてるように見えるけどね」

それにどっとまわりの男たちが笑う。

「癖《くせ》みたいなもんだろ。モデルだけに絵になるしな」

くわえタバコのまま、桜は強いて関心のないように返した。

意識しているつもりはなかった。

それでも、やはり恭吾の姿は目についてしまう。

女王様のごとく何人かの男を引き連れ、軽いジョギングやストレッチをしながら。眺めのよいテラスで、カードゲームやオセロをしながら。

それでもだんだんと、運動の時の相手、ゲームの相手、とメンツが決まってきているようでもある。それぞれの得意分野をアピールしているのだろうか。

オセロや将棋、バックギャモンなどは、芝崎もよくつきあっているようだったが。

二階の高い位置の窓から、眼前に広がる風景を撮っているような時でも、すぐ下には恭吾がいた。

距離はあったが、桜がカメラを向けているのがわかっているのだろう。

ふっと振り仰《あお》いだ恭吾と、レンズ越しに目が合う。

だが素知らぬふりで、恭吾はゲームを続けている。

時折、芝崎の耳元に唇を近づけるようにして何かささやき、二人で笑い合っている様子がまぶたに残る。

恭吾は……そうやって絞りこんでいるのだろうか。

パートナーに選ぶ男を。

『桜が……好きなんだ』

あの時、そう言った恭吾の声が耳に残っている。

短い、シンプルな言葉。

だがそれを口に出すのに、どれだけの勇気が必要だったたか。

言わなければ、今もずっと親友でいられたのだ。

――限界、と恭吾は言った。

多分、先に限界を超えてしまったのは、自分だったはずなのに。


この日も恭吾は夕暮れ前のテラスで本を読んでいるところを、入れ替わり立ち替わり、何人かの男に声をかけられていた。

それを桜は、中のサロンの窓際でカメラの手入れをしながらぼんやり眺めていた。

「ちょっと桜、あんた、何やってんのっ」

と、ふいにいらだった声で背中からどやされる。

ふり返るまでもなく、泉の声だ。

前にまわりこんできた泉が、バシッ、とテーブルに手をついて、頭上からのぞきこむように桜をにらんでくる。

「何、指くわえて見てるのっ。もっと積極的に行かないでどうするのよっ。せっかくのチャンスを棒にふる気っ？」

眉間《みけん》に皺《しわ》をよせてまくし立てた泉に、桜は深いため息をついた。

「……みっともないから、遥か遠い親戚の遺産で目の色変えんなよ」

「何がみっともないのよ？　人間としてあたりまえでしょ。一億や二億の遺産じゃないのよ！」

堂々と言い放った泉は、ああ…！　と大げさに天を仰ぐ。

「あんたってホントに、ことごとく期待を裏切る息子よね。そもそも可愛い娘と一緒に買い物をするのが私の夢だったのに、こんなにごつく育ちやがってよっ」

……あんたが産んだんだろうがよ……。

勝手な言い分に、げっそりと桜は顎《あご》を落とす。

「だから、恭吾くんならいいわよお、息子になったって。あんたと違って、いかにも王子様だし。せめてキレイな義理の息子くらい持たしてくれても、バチは当たらないと思うわぁ」

ねぇ？　と桜の肩に手をまわし、言いくるめるように迫ってくる。

「あっ、そうだわ。彼をイメージモデルに、メンズを立ち上げるのはどうかしらっ？」

パチン、と手をたたいてはしゃいだ声を上げた泉に、桜は深いため息をついた。

「……だから、先立つモンがあんのかって」

今のアニーちゃんだって乗っとられかけているというのに。

「あんたが恭吾くんをモノにすれば、ブランドの百や二百、軽いわよ」

「そんなに息子をホモにしたいのかよ…」

むっつりと桜はうなった。

それは身内としてどうなんだ、と。

「ホモくらいなんだっていうのよ？　数百億の遺産なのよ？　ケツくらい好きなだけ掘らせてやんなっ」

――なんてぇ母親だ……。

内心で桜がうめいた時だった。

くすくす…、とおもしろそうに笑う声がして、はっと顔を上げると、いつの間にか、恭吾がテラスからサロンの方へ入っていて、桜たちのすぐそばまできていた。

……どうやら、がっつりと聞こえていたらしい。まあ、泉のあの声なら当然だが。

「あら、恭吾くん！」

しかしうろたえるどころか、泉にはカモがネギをしょって来たように見えるのだろうか。

やたらと華やいだ声で歓待した。

「桜、帰ってきてたのか」

どうも、とそれに頭を下げてから、恭吾が何気なく桜に声をかけてくる。

夕方まで、桜は別荘を空けていったん東京に帰っていたのだ。

「今日は顔を合わせないな、と思ってたんだけど」

そんな思わせぶりな言葉に、泉はさらに舞い上がる。

「ごめんなさいねえ…、恭吾くん。うちの桜ったらホントに奥手で。夕食くらい一緒にとってもらいなさいな」

そしてバシバシと桜の背中をたたくと、機嫌よく去っていった。

「悪いな、なんか……節操なくて」

ハァ…、と思わず額を押さえてため息をついた桜に、恭吾が小さく笑う。

「泉さんは素直だと思うよ。パワフルだし。案外、華さんに似てる気がするなあ」

そんな評価に、そうかあ？　と息子としては懐疑的に思うが。

少なくとも、商才は華さんよりないらしい。

「でも俺、桜のケツを掘りたいわけじゃないから。むしろ掘られたいっていうか」

しかし、続けてさらりと言われた言葉に、ぶっ、と桜は飲みかけていたコーヒーを盛大に噴き出してしまった。

「おっおっおっ、おまえ…っ！」

思わず桜は立ち上がって、男の襟首《えりくび》をつかみそうになる。

お上品な顔して何てこと言いやがるんだっ、とわめきそうになった。

「……あれ？　桜ってそっちの方がよかった？　掘られたい？」

「そうじゃないだろ…！」

が、首をかしげて、いかにも驚いたように言われ、さらに頭まで血が上ってしまう。

「そういう問題でふられたんなら、俺、がんばってみてもいいんだけどね」

「だから違うって言ってんだろっ！　いいから止《や》めろっ！　イモの話をしてんじゃねーだろうがっ」

あたりかまわずわめくと、ようやく思い出してコーヒーの飛び散ったテーブルからカメラを避難させた。あわててハンカチを探してパタパタとポケットを探ってみたが、持ち合わせがない。

恭吾が自分のハンカチを出してくれて、礼もそこそこに急いで水気をとった。

「桜はホントに欲がないよな…。嘘でもここは、俺が好きだって言うもんじゃないか？」

そんな桜の様子を眺めながら、恭吾がため息をつくようにつぶやいた。

そんな言葉を頭の上に聞きながら、桜は聞こえないふりでせっせとカメラを拭《ふ》いていく。

「なんで桜は口説《くど》いてくれないの？」

そして、静かにそんな問いが落ちた時、思わず桜の手が止まっていた。

なぜか、自分の鼓動が大きく耳に反響するような気がした。

まわりには……会話が聞こえているのかどうかはわからないが、数人がこちらの様子をうかがうようにちらちらと見ていて。

そっと息を吐いて、桜は言った。

「……それで俺がおまえにすりよってプロポーズとかしたら、おまえ、しれっと笑って俺をふるんだろ?」

今だって、十分からかわれている。

桜はうかがうようにそっと顔を上げて、恭吾を見た。

「どうして?」

恭吾が無表情なまま、ただわずかに眉《まゆ》をよせて尋ねてきた。

「仕返しにさ」

そう言った桜の言葉に、恭吾が一瞬、息をつめた。

「桜はそう思っているんだ」

そして、吐き出す息と一緒に、そんな言葉をつぶやく。

くっ…、と無意識にか、唇を噛んだ恭吾の表情が……ひどく傷ついているようで、桜はちょっとあせる。

ふいに、一番最初に会った時の——あのレンズの中の顔を思い出す。

今にも、泣き出しそうで。

「それで気がすむんなら…、それもいいのかもしれないな」

誰に言うともなく、恭吾がつぶやいた。

そしてふっと顔を上げると、厳しい眼差しで桜をにらみつける。

「やっぱりおまえはバカだよ」

それだけ言うと、くるりと桜に背を向けた――。


あの遺言公開から十日ほどが過ぎ、恭吾の争奪戦は目に見えて激しくなっているようだった。どこにいても、まわりから人が途切れることがない。

そして恭吾の方も、初めの頃とは少し、対処が違っていた。

恭吾は今までずっと、アプローチしてくる相手を適当にあしらっていた。適当に、というのは、あまり相手にせず、ということだ。

だが今は、気を持たせるようなやり方で、誰にでも思わせぶりな態度をとっているようだった。

夜も遅くまで、何人もの男たちと騒ぐようにして酒を飲んでいる。

桜は、ともかくこの別荘にしばらくいるのなら、といくつかの仕事を東京から持ち帰っていた。

頼まれていた素材用とか、ウェブなどの背景用の風景をいくつか、この近辺で撮れる範囲で撮影し、今も夜景を数パターン、撮ってきたところだった。

この別荘の敷地は広く、西洋風の庭や、温室や、他にいろんな施設もあるし、建物自体もちょっと目には日本にあるようには見えないので、さまざまなシーンが一度に撮れてなかなか便利な場所だ。

今夜はこのくらいにしようか、と部屋へ帰る途中だった。

階段を上る手前で、ふと、そのにぎやかな笑い声に気づいて、思わず顔をしかめた。

恭吾、だろうか。

時刻はもう、真夜中を過ぎている。

方向を変えて、桜はその声のする部屋の方へと歩いて行った。

バールーム、だろうか。

奥の方にミニバーがある部屋だった。間接照明だけで、部屋のトーンは薄暗いが、大きな窓からのぞめる庭はほのかなイルミネーションで幻想的な風景を作っている。

開けっぱなしのドアから中を眺めると、やはり恭吾の姿があった。
七、八人、二十歳を過ぎたくらいの若い連中と飲んでいるようだ。
らしくもなく派手にバカ笑いしながら……だが、その横顔はとても楽しんでいるようには見えなかった。

真剣に……相手を考えているのならいい。

だがここ数日の恭吾の様子はどこか投げやりなように見えて、桜はいらだつのと同時に、やりきれない気持ちになる。

……あからさまに財産目当てなのがわかっている連中の中から、恭吾は誰を選ぶつもりだろうか？

それで幸せになれるはずもないのに。恭吾自身、わかっているだろうに。

「へえ…、ヨット？　すごいね」

「そうだ。今度、競馬に行かないか？　本場の…、アスコット」

「いや、恭吾さんならオペラとかクラシックとか、そっちの方に興味があるんじゃないのかな？　年明けのウィーンフィルのチケットがあるんだけど」

ゴージャスでハイソで、そして空虚な単語が飛び交う会話の中、恭吾はかなり濃いめのウィスキーを飲んでいるようだった。何杯目だろう。

笑い声がいつになくけたたましく、身体もソファからなかば崩れるようにかしいでいる。

恭吾と一緒に飲んだことは何度もあるが、こんなふうにだらしなく酔っぱらうことはなかったのに。

桜はカメラを肩にかけたまま部屋に入ると、まっすぐに恭吾に近づいた。

「恭吾……、ほら。もう止めとけ。飲み過ぎだ」

そう言って腕をつかみ、立たせようとした。

それに恭吾がだるそうに顔を上げ、目をすがめて、それでも桜を認識したようだ。

「どうしたの、桜？　今さら、何の用？」

薄く笑いながら、いくぶんろれつのまわっていない口調で尋ねてくる。

「もう寝ろって言ってんの。おまえ、こんな飲み方する方じゃないだろ？」

「どんな飲み方したって俺の勝手じゃないか？　桜には関係ないだろうっ」

いくぶんいらだったように、恭吾が桜の手をふり払った。

「そうそう、あんたに邪魔する権利はないだろ？」

「俺たち、楽しく飲んでるだけなんだしさ」

脇で男たちもうっとうしそうに言うと、桜の肩をつかんでくる。

どうやら、「遺産相続人」にはなれなくても、恭吾にとり入っておけばあとあと金が引き出せる、と考えている連中だろう。

「あぁ、あんたか…。恭吾さんをふったんだって？」

と、一人が気がついたように声を上げた。

「バカだよなぁ…」

「今さらなんだよ？　遅いって」

そんなあざ笑うような声に耳も貸さず、桜は今度はかなり強引に恭吾の腕を引っ張って立たせると、そのまま引きずるようにして歩き出す。

「桜…っ、ちょっ……！」

恭吾がつんのめるようになりながら、あせった声を上げた。

「おい、あんた！」

「何すんだよっ！」

背中から叫んだ男たちをじろりとにらみ返し、桜はドスを利かせた声で低く言い捨てる。

「ガキはしょんべんしてさっさと寝ろ」

そして恭吾を引きずったまま、廊下へ出た。

「桜…、まっ……——う……っ」

しかし階段まで来たところで、気分が悪くなったのか、恭吾が手すりによりかかるようにして足を止める。

「おまえ…、自分の限界、知ってんだろ？」

そんな無茶な飲み方はしなかったのに。

あきれたように言いながら、桜はぐったりとした恭吾の腕を引きよせ、背中に負《おぶ》って階段を一歩ずつ、上っていった。

恭吾の使っている部屋のドアを蹴《け》り開け、放り出すようにしてなんとかベッドまで運ぶと、用意されていた水差しから水をグラスに一杯、注いでやる。

「ほら」

薄闇《うすやみ》の中で、うっすらと恭吾が目を開き、目の前に突き出されたグラスを見る。

そして、その上の桜の顔を。

一瞬、目が合ったと思った。酔ったような…、潤《うる》んだ目と。

「……飲めない」

が、すぐにするりと視線をそらし、片腕で顔を覆うとうめくように言った。

「飲ませて……」

桜はわずかに息をつめる。

恭吾が……どういうつもりで言っているのか。

そう。酔ったふりで…、挑発しているのだろう。

桜はそっと息を吸いこんだ。

ぐっと手にしていたグラスから水を口に含むと、グラスをサイドテーブルにおき、恭吾の腕を引きはがす。

「ん……っ…！」

そのまま両方の手首をつかんでシーツに張りつけるようにすると、強引に唇を合わせた。

舌をねじこむようにして口を開かせ、水を飲ませてやる。

一瞬、暴れるように恭吾の身体に力がこもったが、やがてその力も抜け、与えられるままに水を飲みこんだ。

口の中の水をすべて移し、しかし離しがたくて、夢中で相手の舌を探る。

「んん…っ……、ふ……」

反射的な反応なのか、それに応《こた》えるように、恭吾の舌が絡んでくる。

やわらかく…、甘い感触。

ぞわっ、と全身に痺《しび》れが走る。

初めて…、恭吾の唇を味わって、ようやく桜は身体を離した。

そっと息をつき、ぐったりとベッドに横たわる男を見つめた。

もう終わらせよう…、と思う。

恭吾が、自分の方から桜をふることで気がすむのなら…、それでけじめがつくのなら、それでいい。

「恭吾」

無意識にか片腕で顔を隠すようにしている男の上から、桜はそっと呼びかけた。

「おまえが…、好きだよ」

こんなふうに告白することになるとは、思ってもいなかった。

ひどく切なくて……つらい。

静かに言った瞬間、ぴくり、と恭吾の身体が動いた。ゆっくりと腕が離れ、そっと顔がこちらに向けられる。

「おまえ……」

強ばった、蒼白な顔でじっと桜を見つめ、恭吾がつぶやいた。

そして次の瞬間——。

「ふざけるな…っ！」

「うわ…っ！」

いきなり殴りかかってきた恭吾の腕を、桜はあわてて押さえこむ。

「恭吾…っ？」

あせった、というか、驚いた、というか、困惑した。

今さらだな——、と。あざ笑って突き放せばいいだけなのだ。恭吾にすれば。

「おまえ…っ、どういうつもりでそれ言ってんだよっ!?」

握った拳を震わせ、ベッドに上体を起こした恭吾がギッと桜をにらみ上げてくる。

その目に小さく涙が光っている。

「恭吾…、おまえ……？」

「それで全部……全部、終わらせる気なんだろっ!?　自分のしたことも全部っ！」

——俺の、したこと……？

「全部、俺のせいにしてっ！　俺だけのせいにしてっ！　——卑怯者……っ！」

「な…、恭吾……？　——おいっ、待てって…！」

意味がわからなかった。

桜はただとまどって、さらにがむしゃらに殴りかかってくる恭吾を必死に押さえこもうとする。

ずっと、恭吾は自分に告白させたがっているように見えた。

それは俺をふるため——じゃなかったのか？　恭吾の方から。

それで、自分の気持ちにけじめをつけようと。

だが、これでは……。

「おまえ…、まだ俺のこと、……好きなのか？　本気で？」

思わず、桜がつぶやいた瞬間、恭吾が大きく目を見張った。

そしてサッ…、とその頬《ほお》が赤く色づく。

それが怒りなのか、もっと別のものなのか。

「出ていけっ！」

判断するまもなく、ものすごい勢いで枕《まくら》が顔にぶつけられた。枕でひっぱたかれた、と言った方がいいかもしれない。

「うお…っ」

思わずよろけた時だった。

「恭吾さん？　どうかしましたか？」

覚えのある男の声とともに、パッ、といきなり天井の明かりがつき、そのまぶしさに桜は目をつぶった。

「桜さん?」

そしてすぐ横で、芝崎の声がする。

「……悪い。あと、頼む」

すでにこちらに背中を向けて、布団を引きかぶっていた恭吾にため息をついて、桜はのろのろと部屋を出た。

……あいつ……。

自分の部屋に帰って、パタン…、とベッドに転がり、桜はぼんやりと考えこんだ。

まだ、俺のことが好きなのか……?

そう思うと、とまどうような、困ったような、……しかし胸がむずむずとするような、どうしようもなく頬が緩んでくるような気がする。

うれしい、と思う。正直。

そして同様に、後ろめたい気も。

——また泣かせたんだな……。

恭吾の見せた涙がまぶたに残る。

その一瞬に、シャッターが切られたみたいに。

正直、恨まれているのだと思っていた。
だから、今度のことはいいチャンスだったはずだ。桜を見返すためには。
そのために、ずっと桜を挑発しているのだと思っていた。
『それで全部、終わらせる気なんだろっ!?　自分のしたことも全部っ!』
恭吾の叫びが耳に残る。
終わらせることが——嫌なのか。
自分たちの関係を。
俺のしたこと——か…。いったい……?
ふっと考えこんでしまう。
心当たりがなかった。
……いや。
ハッと、思いついた瞬間、桜はベッドから飛び起きていた。
あの時——気づいていたのか?
まさか。

翌日。

二日酔いなのか、恭吾は朝食の席には下りてこず、桜はぼんやりとカメラを持ったまま、邸内をぶらついていた。

装飾のきれいなシャンデリアとか、飾り窓とか。美しく生けられた花瓶の花。長い廊下や大きな暖炉。バーカウンター。

そんなものをカメラに収めていく。

素材用なので、かなり手当たり次第だ。誰がどんなものを必要としているのか、桜にもわからない。

猫足のバスタブとか、お湯に浮かぶアヒルとか。

機械的にそんな作業をしながらも、ゆうべのことはずっと引っかかっていた。

微妙なあせりが、心の中に生まれていた。

——これでいいのか…？

と。

自分をふって、それで気がすんで、恭吾がすっきりと財産放棄できるのなら、それでいい、と思っていたが。

「桜さん」

と、ふいに背中から声をかけられて、ハッと桜はふり返った。

「昨夜はどうも」

静かに頭を下げてきたのは、芝崎だった。

相変わらず隙のないスーツ姿だ。

「あ…、恭吾、大丈夫でした？　結構、酔ってたようだけど」

「ええ。すぐに眠られたようでしたし」

「そうですか…」

つぶやくように言って、桜はうなずいた。

そしてふっと顔を上げて尋ねる。

「あの、聞いていいですか？」

「何でしょう？」

「恭吾…、どうして、養子になることを受けたんです？」

そんな桜の問いに、男が苦笑する。

「それは恭吾さんにしかわかりませんが。ただ、この話は華様の方から持ちかけられたようですよ」

それはそうだろう。恭吾から言い出すとは思えない。

「言ってましたよ、華様が。金に惑わされないようにしないとね、って。大金にも……借金にも。桜もそんなもので気持ちが動かされてちゃダメだよ、と」

そんな芝崎の言葉に、桜は苦笑した。

「俺、そんなに金に転びそうに見えたのかな…」

「大金にも、借金にも、とおっしゃってましたが」

静かに繰り返された男の言葉に、桜は一瞬、意味がわからずに首をひねる。

が、次の瞬間、あっ、と声を上げそうになった。

——借金、にも？

「金のために大事なものをなくすのはバカらしい…、と。本当になくしたくないものならね」

——なくしたくないもの……なら。

写真のように、封じこめておくわけにはいかないのだ。

本当に、誰にも譲れないものなら。——情けなくどんな弱みをさらしても。

「あいつ…、恭吾、今どこにいますかっ？」

顔を上げ、桜は勢いこんで尋ねていた。

「さっき、図書室の方に行かれるのを見かけましたが」

微笑んで、芝崎が言った。

すみませんっ、と礼も背中に、桜は走り出していた。

そうだ。

金のために——恭吾を失う必要などなかったはずなのに。

……あいつを、泣かせることも。


図書室は一階の一番北の端にある、外から見れば吹き抜けの丸い棟になっている部分だった。本好きにはたまらないだろう、天井までの高い書架に、ぐるぐると螺旋《らせん》階段とキャットウォークのような細い廊下が渡されている。

図書館と言っていいくらいの広さで、中央にゆったりとしたイスとテーブルがおかれている他に、入り組んだ書架の間のあちこちに、休憩所のようにアームチェアやテーブルが用意されていた。

息を切らせてその重厚な扉の前まで来て、開く前にそっと息を整える。

ゆっくりと押し開いて中へ入ってみるが、一見、人の気配はなかった。

空調は効いていて、寒くもなく、暑くもなく。重厚なカーテンにさえぎられて、昼の日差しもぼんやりとしか入ってこない。

奥にも小さな部屋があり、ちょっとした調べ物や勉強ができるようになっているので、そちらかと思いながら、ゆっくりと桜は歩き出した。

圧倒されるような壁一面の書架をぐるりと見まわし、フロアにブロック分けされるように並んでいる本棚の間へ分け入ると、なんだか迷路に迷いこんだような気分になる。

と、ぼそぼそと奥の方から人の声が聞こえてきた。奥の部屋の中ではなく、その手前のあたりらしい。

誰かと一緒なのか…？　と思いながら、静かに桜が近づいていくと、だんだんと声がはっきりとしてきた。

「……だから！　これにサインすりゃいいだけだろっ！」

バン、とテーブルをたたきつけるような音。

聞き覚えのある声だった。

宮本《みやもと》社長のどら息子……だったか。

――サイン？

桜は怪訝に眉をよせる。

「なぁ？　あんたのことだって、別に悪いようにはしねぇって」

そしてなだめるような声。

それに、ふん…、と鼻を鳴らし、冷笑するような恭吾の声がした。

「悪いけど、君みたいな男はタイプじゃないな。籍を入れる気はないよ」

どうやら男が迫っているのは、養子縁組の書類だろうか。

「俺だって、男とやる気はないさ…。そんな気色のわりぃ、ヘンタイじゃねぇからな。どうせ、書類だけのことだ」

吐き捨てるような男の言い草に、桜は一瞬、息を呑む。

そのまま飛び出しそうになったが、なんとか抑えてそっとその声のあたりにまわりこみ、本棚の陰から様子をうかがった。

小さな明かりとりの窓の下に、時代物っぽいライティング・テーブルとイス。

そのイスに腰を下ろしたまま、恭吾が半身をひねるようにこちらを向いている。

そして、それをとり囲むように男が三人。

そのうちの一人が宮本の息子だった。

桜たちよりも三つ四つ、年下だろうか。確か大学を出て、親の会社でのらくらやっていると聞いたことはあったが。

あとの二人の名前は知らなかったが、取り巻きのような連中だろう。

「書類だけにしても、親子になるんなら俺ももうちょっとマシな男を選びたいからな」

しかし冷ややかに言った恭吾の言葉に、カッとしたように宮本がテーブルを殴りつけた。

「もともと自分のモンでもない財産を横取りしやがったくせに…！　ふざけた口をきくなっ！　さっさとサインすりゃいいんだよ！」

「ほらっ、早くしろって！」

急《せ》き立てるように言った別の男の手には、どうやらナイフが握られている。

が、あまり使い慣れているようでもなく、わずかに手が震えていた。

ちらっとそれを横目にして、恭吾がいかにもなため息をついて見せた。

「脅しでサインさせても、あとでいくらでも無効にできるんだけどね…」

「そんなことはさせないさ」

それにせせら笑うように宮本が言った。

そしてポケットから出した小瓶の蓋《ふた》をとると、ザッ…、と中身をテーブルに空ける。

何かの錠剤が四、五錠。

「これ、なんだかわかるか?」

にやり、と笑って男が尋ねた。

「ク・ス・リ。……あんた、モデルなんだろ? これでラリってるとことか、写真に撮られたりすると、ヤバイんじゃないの? 今は特にさ…」

そんな男の言葉に、桜はちょっと考えた。

出て行ってぶちのめすのは簡単だが…、あとのこともある。

「本当にバカなんだな…。もし俺が遺産を自由に使える立場になれば、モデルなんかやってるわけないだろう? ついでに言えば、俺が犯罪者になったところで、それで相続人から外されるわけじゃないし、華さんとの養子縁組が解消されるわけでもない」

あきれたような恭吾の言葉。

あんまり挑発するなよ…、と、心の中でうめきながら、桜はとっさに肩のカメラを構えかけ、しかし思い直して、それをそっと離れた床におく。

そしてポケットから携帯をとり出した。動画モードに切り替え身体でかかえこむようにして、撮影ボタンを押す。ピコッ、とかすかに音が出たが、何か叫んでいる彼らの耳には届かなかったようだ。

「ふざけんなよ、このやろうっ！」

「表沙汰《おもてざた》にできないような、恥ずかしい写真を撮ればいいんだろ…！」

「だから、薬漬けにすりゃ、いくらでも自分から金を出すさ」

「おい、押さえとけよ。クスリ、飲ませるぞ…っ」

ガッ、と宮本がテーブルの錠剤をつかみ、残りの男二人がイスにすわったままの恭吾の肩と腕につかみかかる。

「……犯罪はわりに合わないと思うけどね」

恭吾はわずかにもがいたが、さすがに二人がかりでは抵抗しようもないらしく、そのままイスに押しつけられた。

なんとか冷静に言ったその声も、やはり少し強張っている。

桜は本棚の陰から姿を出し、恭吾を押さえこむのに必死になっている男たちの背中から、そっと近づいた。

ずっと彼らの様子を携帯で撮影しながら。

「サイン、させなくていいのか？」

「あとでいいさ……！」

「早く、飲ませろよ…！」

宮本が恭吾の顎をつかみ、恭吾がもがくようにして顔を背ける。

「やめろ……！」

そして叫んだ次の瞬間、恭吾の目が桜を見つけた。

「桜……！」

その目が驚きに大きく見開かれる。

えっ、とあせったようにふり返った彼らの顔をしっかりと動画に収め、桜はピコッ…、と軽やかな音をさせて撮影を終了した。

「おまえ…、何やってんだよ…っ！」

あせったように殴りかかってきた男の腹を思いきり蹴り飛ばしてから、桜はピッピッと素早くボタンを押して操作する。

「なっ…、おまえ……！　何…っ？」

宮本が真っ赤な顔で叫んだ。

「おまえらのヤバイ動画、俺の知り合い中にいっせい送信しておいたぜ？」

にやり、と笑って桜は連中を眺めまわす。

「失せろよ。これ以上、恭吾に妙なちょっかい出すと、おまえらの名前と一緒にこれ、警察に送りつけるぞ」

そして口調を変えてぴしゃりと言うと、彼らはおたがいに顔を見合わせ、くそっ、と口の中でうめきながら、バタバタと逃げ出していった。

その背中を見送った桜は、バタン…！ と重い扉の音が遠くに聞こえてから、恭吾をふり返った。

「……だから言ったろ？ 妙なヤツも出てくるって。つまらない真似《まね》をするからだ」

「そういうおまえは…、何の用だ？」

恭吾が連中に押さえこまれてよれていたシャツの襟を直しながら、憮然《ぶぜん》とした調子で尋ねてくる。

「その前に礼じゃないのか？」

腕を組み、額に皺をよせて指摘した桜に、恭吾が落ち着かない様子で視線を漂わせ、ありがとう…、とつぶやくように言った。

どこか悔しそうに。

理不尽だ、と思っているのだろう。自分が桜に礼など言わなければいけないのは。

……確かに、そうなのだ。

きっとこんなことになったもともとの責任は、桜にあるのだろうから。

半年前、あるいは一年前――。

桜がはっきりさせていれば、おそらく恭吾が華さんの養子になるようなことはなかったのだろうから。

「よし」

それでも偉そうに言って、桜はうなずく。

「それで？」

冷ややかに言って、恭吾がじろりと桜をにらみ上げた。

どうやら酔いが醒めてもまだ、怒っているようだった。醒めたからなおさら、なのかもしれないが。

「返事が聞きたいと思ってな」

それに桜は、そっと息を吸いこんでからゆっくりと言った。

「返事？」

恭吾が怪訝に眉を上げる。

「ゆうべの」

静かに言った桜に、恭吾の表情がふっとゆがんだ。

「おまえ……」

低くつぶやいた声も、小さく震えている。怒りに、なのだろう。が。かまわず桜は言った。

「おまえが好きだって言ったろ？　……返事が、聞きたい」

「ふざけるなっ！　俺に未練なんかないくせに……！」

ガタン…、と大きな音を立てて立ち上がり、恭吾が叫んだ。

「未練ならたっぷりあるぞ」

意味もなく偉そうに、桜は言い切った。

「嘘つけっ！　どうして……今さら……っ」

震える指でイスの背を握りしめ、恭吾が絞り出すように言う。

「遺産…、惜しくなったのか……？」

そしてふっと、うかがうように尋ねてきた。

「そうだと思うか？　だったら、俺をふればいいだけだろう？」

今日はカメラではなく、自分の目でじっとその表情を追いながら尋ねた桜に、恭吾が小さく唇を噛む。

桜はゆっくりと恭吾に近づいた。

ハッとしたように恭吾があとずさり、しかし後ろはすぐ壁で、本棚に挟《はさ》まれたスペースではまともな逃げ場などない。

壁に両手をつき、恭吾を挟みこむように追いつめてから、桜はそっと、その肩口に額をつけた。

「悪かった。ゆうべも……半年前のことも。遺産は…、放棄すればいいさ」

ささやくように言った桜に、小さく恭吾が息を呑むのがわかる。

「卑怯だろ…。いつだって卑怯だよ、おまえは……！」

かすれた声で言った恭吾が、最後は叫ぶようにして桜の背中を殴ってくる。

「俺が…、おまえを好きなの知ってるから、そんなことが言えるんだろ…っ！」

叫びながらも、ぎゅっと恭吾の指が桜の背中を強く抱きしめてくる。

その指の強さが、痛みが、うれしくて。

「知ってたわけじゃない…。身分違いだろ？　美人モデルと売れないカメラマンなんてさ……」

それにかすかに笑うように桜は言った。

指先にそっと、勇気をこめて、恭吾のうなじのあたりからやわらかな髪を撫《な》で上げる。両腕を背中にまわし、そっと力をこめる。

やわらかな温もりがじわり、と身体に沁《し》みこんでくる。

ずっと知っているようで……、知らなかった温もりだ。

「おまえは…、ひどいよ……。先に仕掛けたのは桜だったくせに……」

嗚咽《おえつ》をこらえるように、恭吾が桜の肩でうめく。

「仕掛けた？」

恭吾の言葉にドキリ、としながらも、桜はそっと聞き返した。

「何を……？」

おそるおそる言った言葉に、スッと恭吾が顔を上げる。

涙のにじんだ目で、じろり、と桜をにらんだ。

「この別荘で。去年の撮影の時」

端的に指摘され、桜はあっ、と息を呑む。

やっぱり、気づいていたのか。

あの時――。

うたた寝をしていた恭吾を見ていて……魔が差した、というのかもしれない。言い方は悪いが。

たまらなくなって。

気がつくと小さな寝息を立てる唇に、そっと、キスしていたのだ。吸いこまれるみたいに。

自分の気持ちに気づいて、しかしすぐに行動に出ることはできなかった。

大学時代だったらよかったのだろう。あるいは…、卒業して二、三年のうちなら。

だがあの時の桜は、恭吾とは立場も違いすぎた。

もうちょっと。きちんと自分の仕事の足場が固められたら。

そんなふうにも思っていた。

しかし大きな借金を背負い、状況はさらに悪化したのだ——。

「ちょ…、待て、おまえ…っ」

だがまさか、恭吾が気づいていたとは思わなかった。

「ホント…、うれしかったんだ。ずっと…、待ってたよ。おまえが言ってくれるのをね。でも、ぜんぜん言ってくれなくてさ…」

責めるようなまっすぐな眼差しに見つめられて、桜がたまらず視線をそらす。

「じゃあ、あのキスは…、おまえの合図なのかな、って。俺がその気なら、俺の方から言ってほしいっていう。俺の立場を考えてくれて…、それでもし俺がダメなら、知らないふりをしてればいい、って。桜はそんなふうに思ってるのかとも思ったんだけどね…」

淋しげに笑って、恭吾が言った。

「でもそれだって卑怯じゃないか？　俺に全部、丸投げしたんだから。そのあげく、俺をふったんだもんな」

前髪をかき上げるようにして、淡々と言った恭吾に、桜は思わず声を上げていた。

「それは……！　あん時おまえをふったのはな…！」

思わず言いかけて、とっさに口をつぐむ。

恭吾には——この男にだけは、言いたくなかった。

それを言ったら、恭吾がどうするのか、想像はついていたから。

それでも、恥を忍んで口を開く。

「借金、あったからだろ…」

自分の額を手のひらで押さえ、桜はうめくように言った。

それも一万二万、いや、十万二十万の額じゃない。

「おまえが作ったわけじゃないだろ？　ギャンブルしたわけでも、女に貢《みつ》いだわけでもないし」

「おまえ…、知ってたのかっ？」

淡々と言った恭吾に、桜は思わず目を見張った。

「そりゃ、あちこちつながってる業界だから。耳には入るよ」

ため息をつくように恭吾は答えた。

そしてさらりと続ける。

「貸してやるよ。五百万？　一千万？　それとも、二千万くらい？　まさか桜の事務所で億の借金はできないよな。華さんを頼らなくても…、俺も貯金はあるし、足りなきゃ銀行で借りることもできる」

桜は思わず固く目をつぶった。

そんなふうに言われるのはわかっていた。

「バカ言えっ！　なし崩しにおまえに頼るのが嫌だからあの時…！」

桜は思わず、声を荒らげていた。

わかっていたから、言えなかったのだ。

「だからあの時……、俺をふったんだ？」

まっすぐに確かめるように言われて、桜は黙りこんだ。

「俺の気持ちなんて…、借金よりどうでもいいことなんだ？　桜には」

小さく自嘲《じちょう》するように重ねられて。

「ていうか、桜のプライドより、ってことかな」

「それは…！」

反射的に反論しようとして、しかしその言葉がないことに気づく。

そう、だったのだろうか…？

ただ自分の体面を守りたかっただけなのか。

「邪魔してるのが桜のプライドだけなんだったら…、そんなもの、俺が買ってやったのに」

絞り出すように、悔しそうに言った恭吾の頬を、桜はそっと指でなぞった。

「恭吾……」

ごめん…、と思う。心の中であやまる。

ずっと、そんな思いを抱えていたのだろうか…。

「俺のプライド、そんなに高くねぇから」

そっと、かすれた声で桜は言った。

「利子分くらいでいいよ。……ええと、七百万の借用分の。元金はきっちり返すって」

そっと息を吸いこみ、恭吾が探るようにじっと見つめてくる。そして、泣きそうな顔で笑った。

「無期限でいいけど、……じゃあ借金が終わるまで……、せめてそれまでは俺のモノにできるのか……?」

「なるべく早く…、返せるようにする」

「急ぐなって」

真剣に約束した桜に、恭吾がちょっとあせったように言う。

可愛くて…、桜は思わず笑ってしまった。

恭吾の手をとって指先を絡め、きれいな指先をなめるようにして唇を這《は》わす。

あ…、とかすかな、吐息のような声がこぼれる。

「じゃあ、借金終わったら、……おまえを俺のモノにするから」

そっと耳元でささやいてやると、恭吾がわずかに息を呑むのがわかった。

「それまではおまえがご主人様だから…、何でも言うことを聞くぞ?」

言いながら、桜はもう片方の手のひらで恭吾の頬を撫で、首筋へとすべらせる。

「何、して欲しいんだ？」

吐息だけで尋ねると、答えられないままに恭吾が視線を漂わせる。

その顔が動く方へ、ゆっくりと桜は自分の顔を近づけて追いかけていく。

おたがいの吐息が肌に触れ、恭吾が観念したように目を閉じた。

「ん……」

唇が重なって、音もなく、静かな図書室の中に、ただかすかな湿った音が弾ける。

何度も何度も、小さくついばむような音が。

「ふ…、んん……っ」

そしていくぶん苦しげなあえぎと、熱い吐息と。

桜は両手でしっかりと恭吾の顔を固定して、むさぼるようにその唇を奪った。やわらかな唇をたどるようになめ、舌をねじこんで中に攻め入って。

甘く、せがむように絡みついてくる舌を味わう。

ようやくいったん離して、大きくあえいだ恭吾がつぶやくように言った。

「いろいろ……考えたよ。おまえ…、怖《お》じ気づいたのかとも思ったし」

「何にだ？」

指先でそっと髪を撫でながら、うかがうように桜は尋ねてみる。

「男を相手にするのが」

言ってから、どこか不安げに恭吾が顔を上げる。

「ないんだろう？　男を抱いたこととか」

確かに、それはなかったが。

「けど、何度もおまえで抜いた」

素直に言った桜に、わずかに目を見開いて恭吾が桜を見た。そして、あわてて視線をそらす。

「……バカ」

「おまえがどんな声を上げて、どんなふうにイクのか……ずっと考えてた」

「妄想じゃないぞ？　本当にできるのか？」

あからさまな言葉にわずかに顔を赤くしながら、恭吾が挑むように尋ねてくる。

「意外と激しいんだっけか…？」

ふと思い出して、桜は首をひねる。

バカ、ともう一度、恭吾が苦笑して、軽く桜の肩を殴ってくる。

「そうだな…。満足させてもらえなかったらどうしよう」

そして、ちょっととぼけるように言ってきた。

「初心者だからさ。初めは何しても許してくれよ？　満足できなくても…、三回目くらいまでは我慢してくれ」

とりあえず桜は、断りを入れておく。

そして濡《ぬ》れて艶《つや》を放つ恭吾の唇にそっと指先で触れ、下からすくい上げるようにキスをした。

明かりとりの小さな窓の下で、ぼんやりと透けるような肌がキレイで。

桜は指先で上から順に、シャツのボタンを外し始める。

「――ちょっ…、桜っ。今…、こ、ここでか……っ?」

が、あせったように、恭吾がその手を押さえてきた。

「真っ昼間だし。部屋の方がヤバイんじゃないか?　ここだと多分、誰も来ない」

「それは……」

視線を漂わせ、言いたいことはいろいろとあるのだろう。

夜まで待てないのか、とか。せめて鍵《かぎ》を、とか。

だがそのわずかな時間さえ、待てそうな気がしなかった。

「あ……っ…」

前をはだけさせたシャツの間から指をすべらせ、そっと肌を撫で上げると、恭吾がびくん、と身体を反らせて小さな声を上げる。

指先が胸の小さな粒を見つけ、それを押し潰すようにしていじると、さらに恭吾が声をこらえるように唇を噛んだ。

その表情が可愛くて、桜はもっとよく見えるように恭吾の前髪をかき上げ、顔を上げさせる。

「や…っ、あ……っ」

後ろの壁に背中をつけたまま、恭吾が身をよじった。

鼻先から唇、そして顎へとキスを落とす。

そのまま鎖骨を舌先でなめ上げると、桜ははだけさせた胸へ唇をすべらせていった。

誘うように小さな乳首がぷっつりと立っていて、思わず頬が緩んでしまう。

それを唇でついばみ、舌先で転がすようにしてなぶると、たっぷりと唾液《だえき》を絡《から》みつけた。

女性とは違う感触が、舌にくすぐったいように楽しい。

唾液に濡れて敏感になった芽を指先でひねりながら、桜はもう片方へと攻撃を移す。

「――あぁ…っ…!」

硬く芯《しん》を立てた芽を甘嚙みし、もう片方を指先でもむようにして押し潰すと、はぜるように恭吾の身体が反応する。

すっきりと肉付きの薄い脇腹を撫で、そのままズボンのボタンを外すと、中へ指をすべりこませた。

「桜…っ…!」

下着の上から中心を確かめると、それは早くも頭をもたげ始め、桜の手の中でさらにしなり始める。

あわてて恭吾が桜の手を押さえてくるが、桜はかまわず、下着の上からこすってやった。

「んっ…、あぁ……っ……あ……」

「恭吾……」

何度もキスを繰り返し、その合間に桜の手は下着をかいくぐって恭吾の中心に直《じか》に触れる。

「やめ……っ」

逃れようと身体をひねり、腰が壁から浮いた隙に、桜は相手のズボンをずり落とした。

手の中に恭吾の中心を収め、熱く脈打つモノを強弱をつけてしごき上げる。

「あぁ…っ、あぁぁ……っ」

恭吾の指が桜の肩をつかみ、無意識に腰を押しつけるようにして、身体を揺すり始めた。

「すごいな…。もうベトベト……」

手の中に溢《あふ》れる蜜《みつ》に、思わずつぶやいた桜を、恭吾が涙目でにらんでくる。

「言うな……っ」

くっ、と桜は笑った。

「いつから…、俺が好きだったんだ……?」

指先で根本からしごいてやりながら、桜は恭吾の耳元で尋ねた。

「そ…な……の……っ」

首をふって答えを拒否した恭吾に、桜は執拗《しつよう》にくびれの部分をこすり上げ、さらに蜜を溢れさせた先端を指の腹でもみこんでやる。

「ひ…、あぁぁ……っ！」

身体を跳ね上げるようにして、恭吾がのけぞった。

「……ずっ……と……前……から……っ」

ようやく、うめくように告白する。

「大学時代？」

「会って…すぐ…っ…、——あぁ……っ！」

そんなに長く。

「つきあってた男、いただろ…？」

「だって…、おまえは……違うだろ……っ」

腰を揺すりながら、恭吾が泣きそうな顔で言う。

想っても——仕方がないから。

桜が気づかないでいた間。ずっと長い間。

「ごめんな…。そんなに待たせて」

そっとささやくように言うと、恭吾の濡れた唇を味わい、桜はスッ…と床へ膝《ひざ》をついた。

「さ…桜……っ！」

ハッとあせったように恭吾が声を上げたが、かまわず桜は男のモノを深く口にくわえこむ。

男のモノをくわえるのはもちろん、初めてで、それでも息苦しさをこらえて喉の奥まで入れると、口の中でこすり上げる。それから少しずつ、舌を使って愛撫《あいぶ》した。

「あぁ…っ、……あ……あ……いぃ…っ…」

恭吾のあえぎがだんだんと色っぽく、かすれてくるのが耳に心地よい。その指先が桜の髪をつかんでくる。

「さく…っ…、もう……出る……っ!」

とっさに恭吾は引きはがそうとしたが、かまわず桜はきつく吸い上げてやった。

「——あぁぁ……っ!」

こらえきれず、恭吾が弾けさせる。

桜はそれを口で受け、ようやく離して手の甲で唇を拭《ぬぐ》っていると、力の抜けた恭吾の身体がずるずると壁にそって床へ落ちてきた。

両手で顔を覆うようにして、肩を震わせている。

「……ん? ヘタだったか?」

いっこうに顔を上げる気配もなく、桜が上から見下ろしたまま頭をがしがしと撫でてやると、恭吾がようやく視線を上げた。

「俺にも……させてくれ」

拗《す》ねたようにうめくと、手を伸ばし、ぐっ、と桜の中心をつかんでくる。

「そりゃ、うれしいけど」

桜は苦笑した。

なにしろ、さっきので相当にキている。

床へ腰をついたまま、恭吾がかちゃかちゃと桜のベルトを外し、前を開くと、中のモノが一気に飛び出した。

ちょっと顔を赤くして、しかし恭吾はそれをためらいもせずに口にくわえた。

うっ…、と思わず低くうめき、桜は腕を伸ばして壁に手をつく。何か支えがないと、強烈な刺激に一気に膝が崩れそうだ。

膝立ちになった恭吾が深く飲みこみ、口で愛撫を始める。

「……ん……っ、ふ……」

鼻から抜けていく吐息にもぞくりとする。

うまかった。

拳を握りしめ、必死にこらえていないと、情けなくあっさりと陥落しそうだ。

どこのどいつが教えたのか…、と思うと、腹が立ってくるくらいに。

「も…、ヤバイ……」

本当に限界ギリギリで、桜はようやく男を引きはがした。

恭吾がハァ…、と深い息をついて、無意識にか、赤い舌で唇をなめるのがひどく扇情的で。

桜は壁についた手をすべらせるようにして身をかがめ、高さを合わせると恭吾のうなじをつかむようにして深く口づけた。

そのまま、狭い書架の間に恭吾の身体を押し倒す。

「いいのか…?」

そっと尋ねながら、指先で奥を探っていった。

どこを使うのかは、桜も知っている。

一応、妄想の中でいろんなシミュレーションはしていたから。

「おまえこそ……できるのか……?」

吐息が肌に触れるほど近くで、恭吾がじっと見つめてくる。

「なんか…、入れる前に暴発しそう……」

なかば本気で言った桜に、クッ…、と恭吾が笑う。

指先が頑《かたく》なな入り口に触れ、桜はぐっと、恭吾の両足を折り曲げるようにして持ち上げた。

「さっ…桜……っ!?」

とたんにあせったように恭吾が声を上げたが、かまわなかった。

中心で再び頭をもたげているモノが愛《いと》しくて、それを片手でこすってやりながら、その根本から奥へと続く細い筋を舌先でそっとたどる。

「やめ……っ。それ…っ、しなくていいから……っ!」

逃げるように恭吾の腰に力がこもり、しかしぐっと強く押さえこんだまま、桜は奥まで舌を這わせていった。

ヒクヒクと小さく動く襞《ひだ》の中央に舌先をねじこみ、たっぷりとなめ上げてやる。

「桜…っ、さく……やぁ……っ！」

暴れ出した腰を固定し、指先でその部分を押し開くようにして舌を這わす。唾液に濡れ、溶け始めた部分に恭吾のこぼした蜜を絡めた指を押しあてると、そっと一本だけ、中へ押し入れた。

「は…、あ……あぁぁ……っ」

ギュッと熱く、指がくわえこまれる。それを何度も出し入れすると、それだけで感じるのか恭吾の前からポタポタと蜜がこぼれ、なまめかしい嬌声《きょうせい》が上がる。

指を二本に増やし、さらに慣らしてやると、ねだるように腰が揺れ始める。

こらえきれないように恭吾が両腕で自分の顔を隠し、上体をくねらせた。

どくっ、と桜自身、下肢にたまったモノが噴き出しそうで、いくぶん手荒に指を引き抜く。

「……入れるぞ？」

顔が見たくて恭吾の両腕を引きはがし、汗に濡れて張りついた前髪をかき上げてやりながら、桜はかすれた声で言った。

早く…っ、と吐息だけの声で恭吾がねだってくる。

しかし肉付きの薄い身体に、フローリングの床がつらそうで。

「騎乗位《きじょうい》にするか？　床だと背中が痛いだろ…？」

「いい…から……っ！」

そんなふうに尋ねた桜に、恭吾が泣きそうな、怒ったような顔でうめく。

桜は自分のモノをさっきの場所へとあてがった。

ゆっくりと、少しずつ押し入れていく。

ぎゅっと、夢中で締めつけてくるような力がうれしい。

途中からこらえきれず、一気につき入れ、そのまま何度もグラインドしてしまう。

「あ…っ、あぁ……っ…、桜……、——桜……っ！」

すがるように恭吾の腕が桜の肩をつかみ、背中を引きよせる。

「桜……っ…！」

自分の名前を呼ぶこの声に、身体の奥から震えるようだった。

「恭吾…」

髪をかき抱くように引きよせながら、桜も何度も呼んでやる。

指を硬く握り合わせ、おたがいに肌をこすり合わせて。

「桜…っ、いく……っ…！」

大きく身体をのけぞらせて腕の中で恭吾が達した瞬間、桜も男の中に放っていた。

しばらくおたがいの荒い呼吸だけを聞きながらぼんやりとしていて……やがて、目が合って、ちょっと笑ってしまう。

「おまえ…、華さんに俺が好きだって言ったのか……？」

抱きしめたままの恭吾の体温にまどろみながら、ふと思い出してそんなことを尋ねてみる。

「桜は俺にキスしたくせに、やり逃げした、って…、華さんには言いつけてやったよ」

ちょっと顎を上げて言った言葉に、桜はさすがに体裁悪くうなる。

「……まさか、それでおまえを養子に？」

「もし桜が…、この状況でも何も言わないんだったら、慰謝料にすればいい、って」

「そ、それはすごいな…」

さらりと言われ、桜は冷や汗がにじむのを感じながら、うめいた。

数百億がキス一つの慰謝料……ねぇ……。

「遺産、欲しいんじゃないのか？　籍を入れれば、おまえのもんになるぞ？」

上目遣いに試すように言われて、桜は肩をすくめた。

「持て余すような金はいらねぇって。おまえが貸してくれるんなら、……利子分はきっちりご奉仕するから」

「楽しみにしておくよ」

……さすがにちょっと、惜しい気もするが。

くすくすと恭吾が笑う。

「でもさっさと借金は返して、……ちゃんと俺のモノにするから」

そして恭吾の頭を引きよせるようにして耳元でそう言うと、恭吾がわずかに息を呑み、そっとうなずいた。

「ああ…、早くな」

泣きそうな目で微笑んで。

◇　◇

「本日、八色恭吾氏よりお申し出がありまして、相続人の選択権、およびご自身の相続権をすべて放棄する旨《むね》を承りました」

淡々と言った弁護士の言葉に、ざわり、と会場が大きく揺れる。

すでに主役の座を退いた恭吾は、桜とともに会場の一番後ろの隅に立っていた。

例のグランドピアノのあたりだ。

「ど、どうなるんだっ？」

「まさか、本当に全額寄付されるようなことはないでしょうね…っ」

親戚たちは新たな興奮と不安に落ち着かない様子で、口々に弁護士に問いただしている。

「恭吾くん……！　君、せめて遺留分だけでも受けとって、我が社に来てもらえんかね⁉」

現金なもので、そんなことを言い出す連中も出てくる始末だ。

――ほんっとに役立たずな息子ねっ！

と、桜の首を締め上げた泉は、今頃はまた、最前列のイスにすわり新たな発表を待っているのだろう。

ともあれ、桜にしてみれば、今日のこの集まりをもって解放されるはずで、やれやれだった。早く東京に帰って、仕事を立て直さなくてはならない。

「お静かに願います。八色恭吾氏が辞退された場合、もう一つ別に遺言状が残されておりますので、それをこちらで発表させていただきます」

数枚の紙を手に続けた弁護士に、さらに一同が固唾《かたず》を呑んで聞き入る。

「その場合、もう一人の養子に全財産を相続させるものとする。ただし、その条件として――」

「養子っ⁉」

「もう一人養子ですってっ？」

弁護士の言葉が終わる前に、悲鳴と怒号が会場を飛び交い、収拾がつかない混乱に陥った。

「どういうことだ、それはっ？」

「その遺言状って、本物なんでしょうね！」

雪崩《なだれ》のような勢いで弁護士へ詰めよるスーツの背中を呆然と見つめながら、桜はぽつりと言った。

「……あと何人、養子がいるんだって？」

「さあねえ」

それにすかした顔で、恭吾がにやりと笑う。

——華さん……。

どれだけやんちゃなんだ……。

正面の大きな写真の中から微笑む女性に、桜は深いため息をついた——。

本日も、ご親族の皆様には。

「お静かに願います。八色恭吾《やいろきようご》氏が辞退された場合、もう一つ別に遺言状が残されておりますので、それをこちらで発表させていただきます」

八色美容帝国の女帝——と呼ばれた八色華《はな》の遺言公開。

その延長戦、というわけだった。

たくさんの花に囲まれた大きな遺影の前で、八色家の顧問弁護士——なのは、厳密には祖父だったが——である芝崎史《しばざきふみ》は広間の騒ぎを制し、手にしていた数枚の書類に視線を落として、淡々と言葉を続けた。

もっとも書類を手にしていたのはポーズだけで、内容は見なくても覚えている。

数十億、あるいは数百億とも言われる莫大な遺産だ。大きなホールに集まった親族、関係者一同の殺気だった視線が集中するのを感じる。

「その場合、もう一人の養子に全財産を相続させるものとする。ただしその条件として——」

「養子っ⁉」

「もう一人の養子ですってっ？」

案の定、その言葉を口にした瞬間、息をつめるように静まりかえっていたホールから津波のようなどよめきが湧《わ》き起こった。

「どういうことだ、それはっ？」

「冗談じゃないわよ！　遊びじゃないのよっ」

「その遺言状って本物なんでしょうね!?」

血走った目で、いい年をした男女がわさわさとつめよってきた。

「もちろん本物ですよ。ああ、今あるのは写しですが。葬儀のあと、正式な場になりましたら、きちんとした形で提出させていただきます。なお、すでに八色恭吾氏が相続権の放棄を表明されておりますので、次の遺言が執行されない場合、遺産はあらかじめ指定された要項に当てはまる団体・個人へ寄付されることを前提に運用されることになります」

史は軽く眼鏡《めがね》を直し、ことさら穏やかな調子で続ける。

「ちょっと！　そのもう一人の養子って誰なのよ!?」

「そ、そうだっ。誰なんだ、いったい!?　この場にいるのかっ？」

噛《か》みつくように尋ねてきた親類縁者に、史は横の小さなテーブルでトントン…、と書類をそろえながら静かに言った。

「ええ、いますよ。名前は八色史…、仕事上ではまだ旧姓の芝崎を名乗っておりますが」

「芝崎……？」

ちょっとほうけたように、何か引っかかるように女がつぶやく。そしてすぐに思い出したらしい。

「し、芝崎って…、あなた…！」

大きく目を見開いて史を凝視する。

「き…君……!?」

男がオクターブ外れた、ひしゃげた声を絞り出す。

「はい。私です」

あっけにとられたような、口を開けっ放しで自分を見つめる男女をゆっくりと見まわし、史はにっこりと微笑《ほほえ》んだ。

「相続の条件は八色恭吾氏の場合とほぼ同じです。遺産を管理すべく、二週間以内に親族より配偶者を選ぶこと。……ああ、ちなみに私は女性でも大丈夫ですよ。好みはちょっとうるさいですけどね」

◇　　◇

「まったくずうずうしいにもほどがあるわ…！」

「どうせ弁護士の立場をいいことに、老人をたぶらかして書かせたんだ。まじめそうな顔をしてずいぶんなタマだよ、あの男も」

翌朝——。

朝の食堂で、そんないかにも聞こえよがしな声があちこちから流れてくる。

しかし史はまるで耳に入っていない素振りでゆったりとバイキング形式の朝食を選び、セルフでコーヒーをカップに注いで、庭の見渡せる窓際の席に着いた。

昨日からの騒ぎには辟易《へきえき》していたし、面倒だとは思っていたが、これも仕事だ、と割り切っていた。

昨日までは無関係なオブザーバー的第三者だったのが、いきなりど真ん中の当事者になったのだ。しばらくまわりがうるさいだろうことも、恭吾の時の騒ぎを間近で見ていて、いいシミュレーションにもなった。

「これは立派な背任か、詐欺《さぎ》罪が通用するんじゃないかね」

「もちろん、出るところへ出てはっきりさせますとも！」

背中からとげとげしい声が飛んでくる。

が、それも耳から抜かして、史はもらってきた新聞を横におき、食事を進める。

「大変そうですね」

と、ふいにおもしろがるような軽やかな声が頭上に落ちて、ふっと史は顔を上げた。

片手にコーヒーのカップ、そしてもう片方の手にスクランブルエッグとトーストをのせただけの皿を持って大柄な男が立っている。石橋《いしばし》桜《さくら》だ。

いいですか？　と聞かれて、史はどうぞ、とうなずいた。

一人なのかな、と思っていると、すぐにもう一人、恭吾がこちらはきちんとトレイの上にいくつもの皿をのせて、おはようございます、と桜の隣に腰を下ろした。

そして色の乏しい桜の食卓に、しっかりと桜の分もとってきていたらしいサラダとヨーグルトの小皿をおく。そして、ん？　と怪訝《けげん》な表情で顔を上げた桜を無言のまま、食えよ、という目つきでにらみつけた。察したらしく、それに桜が首を縮めるようにして、ついていたサラダのフォークに手を伸ばす。

そんな言葉のない二人のやりとりに、恭吾は世話女房タイプなんだな…、とちょっと微笑ましく史は思う。

ラブラブでうらやましいことだ。

思わず、ハァ…、とため息がもれてしまう。

あきれたのと、なんとなくここしばらく枯れっぱなしの我が身をふり返って。

なにしろ、華さんのこの「遺言」のおかげでここ数カ月、夜の街へ遊びに行く暇もなかったのだ。欲求不満にもなろうというものだ。

「芝崎さん、しばらくはこちらに滞在することになるんですか？」

恭吾に聞かれ、史はいくぶんうんざりとうなずいた。

「まあ、こうなったからには仕方がないでしょう。仕事はしばらくこちらですることになりそうです。本当は恭吾さんにもうちょっとがんばってもらう予定だったんですけどね」

「ははは。すみません」

軽快な笑い声であっさりと流されて、史はちろり、と男をにらむ。

「憎たらしいな。せいせいした顔をして」

「俺の役目は果たしましたからね」

恭吾がすました顔で切り返してくる。

「なんか、いいな」

ちょっと焼きすぎたらしい濃い色のトーストをかじりながらそんな二人の顔を見比べて、桜がつぶやくように言った。

「二人は兄弟になるんですよね？」

そんなふうに指摘されて、初めて気がついたように、ああ…、と史と恭吾は顔を見合わせてしまった。

そういえばそうだ。なんだか不思議な感覚だが。

つい数カ月前までまったくの赤の他人、実際、会ったこともなかった——モデルをしている恭吾の顔自体はどこかで見かけたこともあるのかもしれないが——人間と、いきなり兄弟になるとは。

一人っ子だった史には妙にこそばゆい気がするが、恭吾もやはり一人っ子だったはずだ。

「そうだ。お兄ちゃんなんですね。いいな、お兄ちゃん。ずっと憧《あこが》れだったんですよ」

恭吾が今気がついたように目を瞬かせ、ふわっとうれしそうに微笑む。

「それは……ちょっと待ってください。心の準備ができない」

お兄ちゃん、という耳慣れない呼び掛けに、史はあわてて手をふった。照れるというか、なんというか。

正直、「弟」との距離感がつかめない。

桜がくっくっ…と喉《のど》で笑う。そしてわずかに声を落とし、身を乗り出すようにしてこっそりと尋ねてきた。

「……で、華さんって、いつ帰ってくるんです？」

その問いに、史はちらっと横の恭吾を軽くにらんだ。

「恭吾さん、しゃべりましたね？」

「すみません。桜にはもういいかなと思って。なんか、遺影も撮れなかった、ってすごく落ちこんでたし」

「しかし、華さんも人が悪いな……」

やれやれ…、というようにため息をついた桜に、史は、シッ、と口元で指を立てた。

その桜の背中に、いかにもコーヒーのお代わりをとりにいく素振りで女が一人、近づいていたのだ。

「ご兄弟で仲がよろしいこと。詐欺仲間というべきかしらね」

いかにも皮肉な声を投げてきた女に、顔を上げた史はにっこりと微笑んだ。

「親戚づきあいは大切ですから。時に、新藤《しんどう》様。志織《しおり》さんはお元気ですか？　アメリカに留学中とおうかがいしましたが、そろそろ帰国されてお父様の会社のお手伝いなどなさるのでは？　以前お会いしたのは高校生の頃でしたが、可愛らしい方でしたね」

さらりと受け流したあと、そんなふうに口にした史に、女がいきなり表情と口調をころりと変える。

「あ、あら…。うちの志織を覚えてくださってましたの？　まあ、それは……」

「あちらですてきなボーイフレンドを見つけていらっしゃるんでしょうね。残念ですよ。ご両親も外国人の息子をもたれる覚悟をしておかれた方がよろしいかもしれませんね」

「そ、そんなこと…！　まさか、まだボーイフレンドなんてとんでもないですわっ。……ええ、そうそう、あの子もそろそろ帰国する予定でしたの。おばあさまの正式な告別式にはもちろん、参列する予定でしたしね。ほほほほほ…、ちょっと失礼いたしますわ」

愛想笑いを浮かべた女は、カップを持ったままあわてて部屋を飛び出した。国際電話でもかけに走っているのかもしれない。

なにしろ今までは「男限定」だったのが、女性まで幅が広がったのだ。

「すげー……」

女の後ろ姿を眺めながら、桜が感心したように目を丸くする。

「さすが、そつがないですねえ…」

恭吾も苦笑した。

「そういえば芝崎さん、泉《いずみ》…、うちの母には気をつけてくださいよ？　ゆうべは本気で芝崎さんのこと、誘惑する気まんまんでしたから。まったく年甲斐《としがい》もなく…。いくつ違うと思ってんだか」

フォークを手にしたままげっそりと厳《いか》つい肩を落とした桜に、史は微笑んだ。

「泉さんは十分お若いですよ。会社が今大変なのもわかりますし…、まあただ、桜さんに『お父さん』と呼ばれるのはぞっとしませんね」

明るく言った史に、勘弁してください…、と桜がうめく。

「親族の家族関係のデータはすべて頭に入ってるんですか？」

恭吾の問いに、史は軽くうなずいた。

「大まかなところだけですが。この計画に入る前に、ざっと一度、全部調べましたからね」

人間関係から、経済環境。現在の状態。八色グループはもともとが同族会社だったこともあり、親戚、姻戚《いんせき》に加えてグループ内の人間関係がかなり複雑なのだ。

「華さん、今、どこにいるんですか？」

桜が声を潜めて尋ねてくる。

「最後に連絡をとった時はシンガポールでしたよ。そろそろ帰国してもいいくらいなんですけどね…。というか、あと二週間以内には帰国してもらわないと困るんですが」

史は食事を終えてフォークを皿におきながら、ちょっとため息をつく。

チケットはオープンだったから、まだまだ余裕があるとはいえ。

そう。実は、八色華はまだ生きている。しっかりと。

これは半年くらい前から、華さん自身の立てた計画だったのだ。

「でもあの年になって一カ月も海外旅行って……元気だよなー」

桜が長い息をついてうなった。

「まあ、新婚旅行ですからね。人生初の」

コーヒーを口にしながらさらりと言った史に、桜が驚愕《きょうがく》したように目を見開いた。

「しっ……新婚旅行――――っ!?」

「さ、桜…っ」

ガタン…、と席を立ち、大きな声で叫び出したのを、あわてて横の恭吾がシャツを引っ張って引きもどす。

「……言ってなかったんですか?」

史の方が驚いて恭吾に確認すると、恭吾が申し訳なさそうにうなずいた。

「どこまで話していいのかわからなくて」

まあ、そうかもしれない。

「しっ…新婚旅行って……なんなんですか…？」

怪訝そうなまわりの視線を浴びつつ――ただでさえ注目のまっただ中にいたのだが――、桜がなんとか席に落ち着いて小声で尋ねてくる。

「何と言われても、新婚旅行は新婚旅行ですが。華さん、再婚したんですよ。……うちの祖父とね。旅先のパリの小さな教会で結婚式をするんだそうです」

史は軽く肩をすくめて言った。

「まーじーでー……」

どこか虚ろな声で桜がうめく。

「昔は貧乏だったから、前の旦那さんとの時は新婚旅行も行けなかったみたいですし。その分、とり返すんだって、一カ月、ファーストクラスでめぐる世界一周の新婚旅行ですよ」

その基本的な手配も史がしたのだ。……まあ、自分の祖父の世話にもなるわけだが。

「七十過ぎて新婚かあ…」

まいった…、と頭をかいて、桜がテーブルに肘《ひじ》をついた。

「でも結婚したなんて、この親戚連中に知れたらまたうるさくなるだろう？　やいやい言われてゆっくり新婚旅行も楽しめないと言うんで、こういう計画にしたみたいだよ」

恭吾がカップを手に、続きの説明を引き受ける。

優雅な新婚旅行のために親戚たちの注意を別の方向に引きつけておく、という理由と、もう一つ。

やはり華さんにしてみれば自分が死んだあとグループがどうなるのか、自分の遺志はどうなるのか、というのが気になっていたらしい。なので、自分の訃報を受けて、親族、そして会社の役員連中がどう動くのかをチェックしているのだ。さらに、自分の訃報に接しても浮き足立たず、堅実に仕事に向き合っているのが誰かを知るために。

今も会社の中では華さんの息のかかった者が役員たちの動きを観察しているのだろうし、親戚たちの動向は——恭吾の時から史も一人一人、行動確認をしている。

それをふまえて、帰ってきてから、遺言状も正式に作り直すはずだった。

一応、形ばかり養子にはなっているが——史にとっては、実際に華さんの孫という関係になったとも言えるわけで、それはそれでまわりがうるさいだろうが——遺産に関する権利は新しい遺言で書き換えられるはずだし、つまり恭吾も、そして史も、それまでの擬似餌《ぎじえ》みたいなものだ。

本当なら、恭吾がその役をやっている間に華さんたちが帰ってきてくれれば史としては面倒がなく、一番よかったのだが。

正式な発表はせず、親戚筋にのみ訃報が流される二週間前から国外へ脱出した新婚夫婦は、金も時間もかなりゆとりのある旅行をしている。旅の先々で予定を延ばしたり、縮めたり。それでもひと月くらいで帰国する計画だったのだ。

やれやれ…、と史は内心でため息をつく。

「あ、でも告別式の準備とかも進んでるんじゃ？　業者、入ってるでしょう？」

ようやく少し立ち直ったらしい桜が不思議そうに尋ねてくる。

それもこの別荘で執り行われることになっており、打ち合わせで業者も出入りしていて、それで信憑性《しんぴょう》を高めているのだ。

「ええ。帰ってきたら披露宴代わりに生前葬をやるのよ、っておっしゃってましたよ」

あっさりと言った史に、桜が疲れ果てたように嘆息する。

「相変わらず破天荒な人だな……」

振りまわされる関係者には腹立たしいことだろうが、どうせ今、この別荘に残っているのは暇人ばかりだ。有閑マダムと、仕事を他人任せにしている使えない役員連中と。そのどら息子たちと。……今日からはどら娘も増えるのかもしれない。

「……お。また客が来たようだな」

桜がちらっと窓の外を眺めてつぶやいた。桜のすわる位置からだと、正面玄関へ続く長いアプローチが見えるようだ。

史にもかすかに大きめの車のエンジン音が聞こえ、何気なく窓に顔を近づけるようにしてそちらを眺める。

大きな4WDが走り抜けていくのが一瞬、視界の隅にかかった。黒塗りのセダンが多い中、こんなワイルドな車種はちょっとめずらしい。

「新しい刺客《しかく》が送りこまれたかな」

桜がおもしろそうに、にやにやと顎《あご》を撫《な》でる。

「恭吾さんたちはどうするんですか？　東京《とうきょう》に帰られますか？」

思い出して確認した史に、二人はちらりと顔を見合わせてから、くすっ…と笑って恭吾が答えた。

「いえ…、ここにいますよ。史兄さんひとりを孤立無援でここに残して行くのは心苦しいですし」

ことさらからかうように言われた「兄さん」の言葉がくすぐったい。

「もともと二週間以上はいるつもりだったから、前後合わせてひと月近く、仕事の方は調整していたんです。華さんの告別式も出るつもりですし。それにゲームの相手くらいいないと、史さんも退屈でしょう」

「それはどうも」

正直、ありがたい話だ。さすがに誰一人、まともな話し相手もいない中で二週間過ごすのは、ちょっとつらい。愚痴《ぐち》りたい時や、包囲網から逃げ出したい時もあるだろうから。

「桜さんは？」

「俺もしばらくはいるつもりです。ええと…、恭吾が金を貸してくれるっていうから…、その、そっちの処理をしてからまたもどってきます。その件で走りまわっていたんで、今、まともな仕事を受けてないし、素材の仕事だとこの別荘、いろんなものがあるから使えるんですよね。撮りだめしておけるし」

桜がいくぶん体裁悪いように頭をかきながら言った。

「ああ…、事務所の件ですよね。よろしければ、私が間に入りましょうか？」

どうせこの別荘にいるのなら、クライアントと会ったり、会社をまわったりはできず、書類仕事が中心になる。桜の事務所の借金についても、概要はわかっていた。華さんに言われて、調べていたのだ。

「えっ？　ホントですか？」

「あとで相手方の連絡先を教えてください。とりあえず弁護士が入って見通しを話しておけば相手も安心するでしょうし、新しい仕事をまわしてもらうこともできるでしょうから」

「助かります！」

桜が声を弾ませる。

そんなやりとりの間にも、食堂のあちこちでは朝食に下りてきた人数が増えるにつれ、局地的に小競り合いが繰り広げられている。

「――おい。沙也香《さやか》はどこを遊び歩いてるんだっ？　まだ連絡がつかないのか？」

「あら…、おたくの美由紀《みゆき》さんはあの方よりずっと年上じゃありませんの？　どうして今までいいご縁がなかったのかしら？　もう四十近くだったような……」

「いくら若くても、バツイチじゃねえ…。しかも浮気がばれて離婚されただなんて……あら、失礼」

「うちの娘なら高校生だよ、君。男ならもちろん――」

例によって、親戚一同の中で新たな駆け引きの幕が開いたのだった――。

◇　　◇

祖父と華さんとはかなり長い――もう三、四十年来のつきあいのようで、おたがいに長年の茶飲み友達だった。

正直なところ、「再婚」という話を史が聞いた時も、むしろ、今さら？　という驚きだったのだ。

――今だからじゃないの。私も時間に余裕ができたしね。

と、そんなふうに華さんは笑っていたが。

つまりこれから、第二の人生を謳歌するつもりのようだ。

人生の晩年にして自分よりもずっと充実した毎日を送っているようでうらやましくもあり、なんだかな…、と我が身をふり返ってしまう。

仕事はともかく、恋愛という意味で、とても充実しているとは言えない史だ。まともな恋愛というもの自体、してきたかどうか疑問だったが。

史自身は、八色家、八色一族とはもともと何の関係もない。祖父がその家長とも言える八色華の顧問弁護士をしていたというだけで。

だがその一族の金をめぐるトラブルをずっと間近に見てきたせいか、色恋沙汰も結局は金なのか…、という思いが刷りこまれたのは確かかもしれない。

実は一度、結婚を考えた女性はいた。大学時代に知り合い、そのまま卒業後もつきあっていて、五、六年も続いただろうか。

それが長すぎたのか、……あるいはやはり、金なのか。

彼女はたまたま史が紹介した八色の関連会社の御曹司《おんぞうし》にあっという間に乗り換え、結婚していた。史よりも二、三歳年上の、史が昔からよく知っている男だ。

兄のように親しくしてもらっていて、昔は勉強を教えてもらったり、大学に入ってからはたまに飲みに連れて行ってもらったりした。

だからこそ、二重に裏切られたような気がしたのかもしれない。それ以来、妙に誰に対しても冷めてしまっている。期待をしなくなった…、ということかもしれない。

案外、華さんのこんな計画に乗ったのも、二人への仕返しみたいな、意地の悪い気持ちがあったのかもな…、と今さらながら思う。

自分が八色の——華さんの事実上の遺産相続人になったことを知ればどう思うだろう…、と。悔しがるだろうか、と。

彼女と、そして、その旦那も。

さすがにこの騒ぎには参加していなかったが、告別式には顔を出すだろうか。
だが桜を見ていると、やっぱり金ではなく動く人間もいるんだな…、と妙にホッとしたものだ。

最初にこの二人の話を聞いた時には、やっぱり普通なら、桜はあっさりと恭吾に告白し直すんじゃないのか、と冷ややかに思っていたから。そして相続権も主張するだろう、と。ただでさえ、借金のある身なのだ。

桜は放棄すると思うよ——、と華さんからあらかじめ予言されていたが、正直、半信半疑だったのだ。

しかし実際にそれは他の親族たちを驚かせ、それこそ連中の横っ面を張ったようで小気味よく見えた。

史は弁護士資格をとってから、すぐに祖父の事務所で働き始めていた。昨今の弁護士余りで、イソ弁、ノキ弁が容赦なく増産される中、幸運だと言えるのだろう。やはり法曹畑にいた父だったが、弁護士にはならず大学で教鞭《きょうべん》を執っていたので、否応なく史が祖父の事務所の跡取りになったわけである。

祖父は、八色グループがまだそれほど大きな企業ではなかった若い頃の華さんと知り合い、法律上のいろんなアドバイスをしたらしい。それが縁で八色グループの顧問弁護士となり、実際、それだけで生活には困らなかった。むろん、グループの成長とともに業務は膨大かつ煩雑になる一方ではあったが。

だがそのおかげで、グループの仕事は史や他のスタッフに任せ、自分は金にならないような細かい仕事をよく請け負っていた。離婚の相談に乗ったり、養育費を払わない元旦那のところへ催促に行ったり。多重債務の相談に乗ったり、ＤＶの被害に遭っている女性を保護したり。依頼料なども、放っておくとただ同然ですますことも多く、史がきっちりと目を光らせておかなければならない。

七十五も過ぎての新婚旅行などと、心も身体も元気なことは結構なのだが、通常の企業相手の仕事は待ってはくれず、史もこんな山奥の別荘に滞在中とはいえモバイルのパソコンと携帯電話は手放せない。

そしてこの先二週間——足らず、ですむと思いたい——擬似餌の役目も、まあ、業務の一つとは言える。おじいちゃん孝行でもあるわけだ。

「コーヒーのお代わりはいかがです？」

庭に張り出したテラスのテーブルで、心地よく通る風を頬《ほお》に受けながら仕事をしていた史は、その声にふっと顔を上げた。

午後の三時過ぎ。狙ったようなお茶の時間、というわけだろうか。

見ると二十代なかばくらいの、まだ若い女性だった。やわらかにウェーブした長い髪と、淡い色のワンピース姿でいかにも清楚な雰囲気の令嬢風だ。……ふだんがどうだかはわからないが。

トレイにコーヒーカップをのせて近づいてくる。

「ああ…、これは。ありがとうございます」

誰だったかな…、と頭の中でデータを検索しつつ、史はにっこりと愛想よく微笑んだ。

「お仕事、大変そうですのね。朝からずっとここで仕事をしていらっしゃったでしょう？　お昼もこちらでお仕事をしながらだったみたいですし。身体によくありませんわ」

朝から気にしていたことをしっかりとアピールしつつ、女がカップとソーサーを静かにテーブルにのせる。

「お砂糖とミルクは？」

「いえ、ブラックで結構です」

かいがいしく聞かれたが、史はさらりと流した。

「せっかくこんな別荘にいるのに、少しゆっくりなさったらいかがですか？　それとも身体を動かす方がお好きなのかしら？　近くにいいゴルフコースがあるそうなんですけど、よろしければご一緒していただけません？」

ベタな誘いだな…、と内心で思いつつ、史は表面上、申し訳なさそうに答える。

「すみません、ゴルフの経験はなくて。おもしろみのない男なんですよ。仕事が趣味みたいなものですから」

「そんなこと…。でしたら、今度テニスとか――」

「少しお邪魔していいかしら？」

あわてて続けかけた時、別の女の声が割って入った。

こちらはスレンダーでボーイッシュなタイプだ。年はまだ二十前後だろうか。かなり若い。

「……あ、綾菜《あやな》さん。お母様がさっき探してましたよ」

「そうなの？　ありがとう。千春《ちはる》さん」

丁重に礼を言いながらも、にらみ殺すみたいな目で一瞥《いちべつ》して、仕方なさそうに最初の女が背を向ける。

おそらくは適当な口実で最初の邪魔者を追い払った女が、こちらはさっさとむかいのイスにすわりこむと単刀直入に口火を切った。

「面倒な駆け引きをするつもりはないの。ねえ…、私と組まない？　あなただってそのままじゃ、遺産を手にすることはできないわけでしょ」

「論点が明確でよろしいですね。……ええと、日崎《ひさき》専務のお嬢さんですね」

史はにっこり笑ってみせる。

そうだ。確か去年、高校を卒業したばかりだったはずだ。ずいぶんしっかりとして見えるが。

「私も先立つものがいるわけよ」

ざっくばらんに言った女に、史はうなずいた。

「ええ。ダンサー志望だそうですが、ご両親の許可が下りず、留学資金を貯めていらっしゃるとか？」

「よく知ってるわね」

彼女がちょっと目を丸くする。

「こちらへはお父様に呼ばれてきたわけですか？　参戦しろと？」

「そ。一度アピールしたら帰っていいってことだから。才色兼備《さいしょくけんび》な姉さんはついこないだ結婚しちゃって、あんまり勝ち目のない私しか残ってなかったから、仕方なくね」

「年齢だけでもずいぶんアドバンテージがあるのでは？　私にはもったいないくらいお若いですよ」

「むしろマイナスじゃない？　離れすぎてるでしょう。でもとりあえず、うっかり結婚しても、私なら離婚は簡単だから。当面の留学資金を援助してくれればね」

「魅力的なアピールポイントですね」

過不足なく言われ、史は思わず苦笑する。

「まー、考えておいて」

それだけ言うと、彼女はさっさと立ち上がった。

その背中を見送ってから、史はとりあえずコーヒーに口をつけ、手元のパソコンにファイルを一つ開く。

どうやらさっきの二人は従姉妹《いとこ》同士だったらしい。名前の並ぶリストからさっきの二人の名前を見つけると、備考欄に印象やら気づいたことを短くメモしておく。

こういう仕事をしていると、本当に人も事情もいろいろだな…、と思いながら。

と、十分もたたないうちに、またトレイを持った女性がテラスに姿を見せた。三十前くらいだろうか。今度は少し堅めのスーツ姿だ。シャープな感じのボブヘア。

「コーヒー、冷めましたでしょう？　取り替えますわ」

気を利かすように言って、さっさとカップを交換する。

「恐れ入ります」

「末長万里子《すえながまりこ》と申します。私、『カラリア・オム』で戸田《とだ》の秘書をしておりますの」

礼を返した史に、女はさすがに社会経験が長いらしく丁寧に自己紹介をしてきた。

「ああ…、なるほど。戸田社長の……」

「姪に当たるんですけど。こんな折ですけど、一度、芝崎さんにはお話をうかがいたいと思っておりまして」

「なんでしょう?」

「実は…、弁護士というお仕事に私、とても興味がありましたの。できれば、弁護士事務所で働いてみたいと思って……。お話を聞かせていただいてよろしいかしら?」

わずかに身を乗り出すようにしてかがんだ女のスーツの胸元がちょうど史の視線の高さになり、結構なボリュームが強調される。

「ああ…、ええ、そうですね」

そう来たか、と思いつつ、どう流すか史が頭をめぐらせていると、ふいにパソコンの横においていた携帯が着信音を奏でた。

いいタイミングだ。ホッとして、史はそれに手を伸ばす。

「すみません。仕事の電話のようですので、今度また、お時間のある時に」

携帯を開きながら、詫びを口にする。

明らかにいらだったようにきれいに描かれた眉をよせ、しかしどうしようもない。

ではまた、と、それでもようやく引きつるような笑みを浮かべて帰ろうとした女を、あ、と思い出して史は呼び止めた。

「申し訳ありませんが、ついでにこれを下げていっていただけますか？」

え？　と女が怪訝な顔でふり返る。そして視線で指された、史の後ろにあったテーブルに目をやって、一瞬、表情が凍りついた。

同じようなコーヒーカップが五つほど、重なって並んでいる。

「今朝からたくさんたまってしまって」

女は言葉もなく史をにらみつけ、それでもがちゃがちゃと乱暴な音を立てながらカップをトレイにのせて去っていった。

史がここで仕事を始めてから、特に頼んだわけでもないのに次々とコーヒーが運ばれていたのだ。正直な話、そろそろ胃がコーヒーで染まりそうだった。たぷたぷと水っ腹になっている気もする。

「……ええ、すみません、お待たせしました。大丈夫ですよ。——はい、その件ですが……」

電話に話しながら、横目で彼女が屋内へ入り視界から消えるのを確認すると、史はさっさと言葉を切って携帯を畳み、パソコンの横に投げ出した。

やれやれ…、と首をまわし大きく伸びをすると、仕事柄、こんなところでもきっちりと締めていたネクタイをわずかに緩め、隣のイスにのせていたカバンからタバコとライターを取り出す。

気だるい様子でタバコに火をつけると、立ち上がってテラスの手すりに肘をついてもたれかかった。ようやく一人きりになって、うんざりとした気分を隠すこともなく、大きく煙を吐き出す。

「これがあと二週間かよ……」

思わず吐き出すようにつぶやいていた。

女も、とか言わなければよかったかな…、とちょっと後悔する。男相手だけの方がまだしも、楽にさばけていただろうか。なにしろ昨今は、女の方が押しが強い。

と、その時、ふいに、くっくっくっ…、と低い笑い声がどこからともなく聞こえてきた。

史はハッとしてあたりを見まわす。

が、背後にも、テラスの下にも人の姿はない。左右には美しい芝生《しばふ》の庭と大きな木が茂っているのが見えるくらいだ。

それでもあっと気がついて上を見上げると、三階の、すぐ斜め上の開いた窓のところで、男が肘をついてにやにやとこちらを見下ろしていた。

四十前だろうか。だらしない無精《ぶしょう》ヒゲで、覚えのない顔だ。

顔をしかめ、チッ…、と思わず、史は舌打ちする。今さらだがタバコをもみ消し、携帯灰皿の中へ押しこんだ。

どうやらこの別荘では、まともに息を抜く場所もないらしい。

そしてもう一度、きちんと相手を確認しようと仰ぎ見ると、すでにその姿は消えていた。

誰だ…？　と眉をよせた史だったが気にしても仕方なく、再びイスに腰を下ろしてパソコンに向かった。

だが数分もせずにいきなり頭上が暗く陰り、史は怪訝に手を止める。

と、楽しげな声が頭上から降ってきた。

「芝崎史サン？　いや、八色史…、だったか」

顔を上げると、目の前にさっきの男が立っている。相変わらずおもしろそうな表情で史を見下ろして。

デカ…、というのが、最初の印象だった。百九十前後はあるだろう。それでひょろっとしているわけでもなく、がっしりと体格はいい。

「性格悪ぃなァ…、史くん」

男は顎《あご》を撫《な》でながら馴《な》れ馴れしく言うと、気安く向かいのイスを引いてすわりこんだ。

「……どういう意味です？」

さすがにムッとして不作法な相手をにらむようにすると、男はにやにや笑いをさらに深くして言った。

「半時間に一回、携帯でアラームをかけてるだろう？」

ずばりと言い当てられて、史はぐっ…と言葉を失う。

そう。次々と時間差で顔を見せる連中を追い払うため、携帯に適当な着メロをアラームにセットしているのだ。三、四十分ずつ、ランダムに間を空けて、セットできる五件分すべて。もちろん、電話がかかったふりをして話を切り上げられるように、だ。

史はあらためて探るように男を見つめた。頭の中でフルに検索してみるが、記憶にない顔だ。……いや。どこかで見たような気もする。何か引っかかる。

妙にもどかしいような、不思議な感覚だった。

が、それもあたりまえか…、と思い直した。今、この別荘にいる人間は、基本的に八色の親類縁者だ。直接にも間接にも、史が顔見知りでおかしくはない。関連会社に赴いた時、ちらっと顔を合わせたようなこともあるだろう。

だがこの男は、八色グループの会社社長、その秘書、あるいはその放蕩息子か親類、そのどれもに雰囲気がそぐわない。

というか、そもそもまともな勤め人という風情ではなかった。

無精ヒゲもそうだが、この年でジーンズによれよれのシャツ一枚とラフな格好だ。結構な強面《こわもて》だし、繁華街ででもすれ違ったのなら、そのまんまヤクザかと思うだろう。サングラスがばっちりと似合いそうでもある。こんなヨーロッパ風の別荘には、いかにも場違いだ。

……まあ、ここ連日居すわっている、でっぷりとした中年オヤジたちが似合っているかと言われると、まったくそうでもないのだが。

「このテラスはさしずめ、面接場のようだな。もしくはファッション・ショーのキャットウォークか、血統書付きの犬猫の品評会場か」

皮肉な調子で言われ、史は思わず苦笑した。

「的確な指摘ですね」

モバイルのモニターを何気なくパタンと閉じ、史は男の狙いを探るようにじっと相手を見つめる。

この男もカラフルな擬似餌に引かれてよってきたマヌケな魚、というわけだろうか。

「部屋の窓からよく見えたよ。昼前からひっきりなしだったな…」

軽く顎を上げ後ろを指して言ったのは、どうやらさっきの窓のところがこの男の泊まっている部屋らしい。

が、この男は今日初めて見る顔だった。そして、あ…、と思い出す。

今朝、朝食の時に見かけたごつい４ＷＤに乗っていたのがこの男だったのかもしれない。確かにベンツやリムジンより似合っている。

「それをあなたは窓からずっと見ていたんですか？　ずいぶん暇なんですね」

なるほど、それなら史が携帯にアラームを設定しているのも気づいたわけだ…、と思いながら、あからさまに嫌味な口調で返すと、男が低く笑った。

「暇じゃなきゃ、こんなところには来ないさ…。おもしろい見せ物でもあったしな。ま、君の方は大変そうだが」

見せ物か…、と史は鼻を鳴らす。それでも軽く肩をすくめて、軽く受け流すように言った。

「仕方ありませんね。普通の額の遺産ではありませんし。私も慎重に相手は選ばないと」

「男でもいいと聞いたが？」

いかにも軽い口調で、何気ない眼差しで。

一瞬、ドキリとする。

……これは駆け引きなんだろうか？

「むしろ、女でもいいと言ったんですよ。……あなたも面接をご希望ですか？」

小さく息を吸いこみ、史が皮肉な笑みで尋ねた――その時だった。

「おまえ、英之《ひでゆき》…！　英之だろ？　どっから出てきたんだよ…っ？」

部屋の方からいきなり甲高い声が聞こえて、史はハッと顔を上げた。

見ると、目の前の男と同い年くらいの男が驚いたような顔でどしどしと近づいてくる。

「……ひさしぶりだな。ええと…、確か、菊川《きくかわ》の叔父さんちの二番目だったか…？」

首をひねって肩越しにそちらを眺めた男は、それにのんびりと返す。はっきりと名前を覚えていないようだ。

だが間違いなく菊川家の次男坊で、先日の恭吾の件で父親に呼び出されてきた一人だった。

ついおといまで恭吾につきまとっていたが、恭吾が財産放棄を宣言したあと、あっさりと史に乗り換えるような素振りを見せている。もっとも史は女性も、と口にしていたので、しばらく様子見することにしたようだが。

昨日からつかず離れず、まずは友達から、というのか、さりげなさを装いつつも、やたらと親しげな様子で話しかけてきていた。

だが菊川が呼んだ名前に、ようやくあっと史は思い出した。

そうだ。確か、加賀《かが》……加賀英之——。

思わず目の前の男をあらためて見つめてしまった。

ずっと……幼い頃の記憶が一気によみがえる。

八色一族の一人——と言えるだろう。続柄としては、華さんの従兄弟の息子…、だっただろうか。

加賀英之は、八色一族の中でも有名人だった。少なくとも、その当時は間違いなく。

史よりも七つ年上で、今は三十八、ということになる。おっさんになったな…、とちょっと思ってしまうが、自分もそれだけ年をとったということだ。

当時——二十年も昔だ——史がまだ小学生だった頃、英之は日本中に名の知れたヒーローだった。

実際に強打者として甲子園《こうしえん》のヒーローであり、そしてその将来を嘱望され、高校卒業後はドラフトをへてプロへ行った。

八色が大きく事業を拡大している頃で、一族から経営者は多く出ていたが、しかし八色の家系からプロスポーツ選手が出るということはかつてなかったことで、一族が集まると話題に上っていたものだった。ちやほやして取り囲み、サインをねだっていた光景を思い出す。

決して野球少年というわけではなかったが、史にとっても憧れの存在ではあった。

会ったのはほんの数回程度だっただろう。一族が集まる何かのパーティーの席とか…、そう、華さんが主宰して英之の後援会を作り、盛大にプロ野球界へ送り出した時の激励会とか。あとは正月や何かの折、東京の華さんの屋敷に挨拶《あいさつ》に行った際とか。いずれにしても、史は祖父のお供でくっついて行っていた時だ。

『おまえは野球、やらないのか？』

苦笑いしながら、一度、キャッチボールをしてくれたことを覚えている。

だが英之の絶頂期は、ほんの一瞬だった。

プロの二年目、練習からの帰りに交通事故に遭ったのだ。車に足を挟まれ、骨がぐちゃぐちゃになる大怪我《けが》だったらしい。結局、英之は一軍へ上がることもなくあっけなく退団した。それ以降は音沙汰もなく、今は何をしているのかもわからない状態だったのだ。

史が英之と最後に会ったのは、中学生の時だったと思う。華さんの屋敷で、すれ違うみたいにして。

やはり祖父について来ていたのだが、祖父が華さんと話しているのを庭で待っている間、英之が訪ねてきたのだ。

その時の英之は、以前に会った時とはまるで別人のようだった。さわやかで明るく、未来への希望に満ちていた男とは、がらりと印象を変えていた。

体格はやはりよかったが、その分、げっそりと痩《こ》けた頬が目立った。表情も暗く、気難しげで、話しかけるのは怖いくらいだった。

刺々《とげとげ》しく、今にも牙を剝《む》いて嚙みつかれそうで。まわりのすべてが敵に見えていたのかもしれない。

事故自体は英之の過失ではなかったが、まわりからは若造が調子に乗ってチャラチャラとした車を買うからだ、となじられたり、一軍入りがかかっていた大事な時期に不用意だと責められたりしていたようだ。ろくな活躍もできないままに退団した英之をあざ笑ったり、優越感をかいま見せながら同情してみせたり。

その年の正月に八色の親戚たちが集まった時には、実際、そんな陰口がたたかれていたのを、史も聞いたことがあった。

『せめて一軍に上がってりゃあな…。球団もとんだ無駄金を払ったもんだ』

『落ちぶれたもんだよなぁ…。それなりに活躍してりゃ、うちのCMに使ってやってもよかったんだが。世間ももう、ろくに名前も覚えてやしないだろう』

『ホントに潰しがきかないわねえ…。野球選手なんか』

おそらく華さんが英之の活躍を喜んで、可愛がっていた分、やっかみで反動もあったのかもしれない。

失望と、絶望と。まわりからの好奇や哀れみの目と――。

あれからでも、もう十七、八年になる。関連会社に身をよせるようなこともなく、それ以来、ぷっつりと英之の消息は途絶えていたのだ。今の今まで。

そして十数年ぶりに会った今も、ある意味、その時とは別人のように見える。

年を食った、という以上に。

あの頃のようにすさんだ雰囲気はなかったが、どう見てもカタギな感じではなく、……そう、妙な色気と余裕がある。

なんだろう？　独特の空気感だ。史がふだん接するタイプの仕事ではない。背景がまったく読めなかった。

無意識にじっと男を見つめる史にかまわず、つかつかと近づいてきた菊川が乱暴に英之の肩をつかんだ。

「おまえ…、どこから話を聞きつけたんだよ？　どうやら鼻だけは利くようだな」

ライバルが増えたことにか、早くもちゃっかりと史に近づいていることにか、いらだたしげに言った菊川に、英之が鼻で笑った。

「菊川のお坊ちゃんこそ、任された会社を二つ三つ潰したあとはずっと家事手伝いだったみたいだが……、親父さんも会社経営よりは相続人に取り入る方がまだ、才能があると思ったのかな？　まあ、ろくな仕事もないんだろうから、こんなところでのんびりできる時間だけはたっぷりあるんだろうけどな」

「なんだとっ？　今頃のこのこ現れたっておまえの出る幕はないんだよっ！」

図星を指されて真っ赤になりながら、菊川がわめいた。

なかなかに辛辣《しんらつ》で、そして的確な指摘だった。史の調査でも、確かにこの男に事業の才覚はない。さすがの父親も見切るくらいに。

「どうだかな？　俺だって八色一族の端くれだからなァ…。相続人の伴侶としての資格は十分にあるんじゃないかな？　――な、史くん？」

微妙なイントネーションで、ちらりと意味ありげに史に視線を投げてくる。

「そうですね。もちろん資格はありますよ」

英之も確かに、八色の一族なのだ。

「そんな……！」

穏やかにうなずいた史に、菊川が顔色を変える。

「プロでろくに使いモノにならなかった男に何ができるっ!?　おまえはただの負け犬だろうが……っ！　食いつめて、こんなところまでエサをあさりに来たみたいだがな！」

古傷をえぐるようなそんな言葉に、一瞬、ひやりと心臓が冷える。他人事《ひとごと》ながら、じわっと湧いてきた怒りを、史はなんとか呑みこんだ。

が、声を荒らげた男に英之は特に表情を変えることもなく、ちらっと落とした視線だけで、男の股間を指してみせた。

「少なくとも、そっちの方は貧弱そうなアンタのよりずっと使いモノになると思うけどな？　大きさも持久力も？」

確かに体格だけで比べても、どちらが立派そうかの想像はたやすい。いまだにがっしりと引き締まった体格の英之と違い、菊川は明らかに運動不足そうでもある。

さっきまでの怒りも忘れて、くっ…、と史はあやうく笑いを噛み殺した。

「なっ…、なんだと…っ、きさま……！　そ、そういう問題じゃないだろうっ！　下劣な男だな……！」

菊川の顔がさらに赤黒くなり、なじる声が震えている。

「やっぱり史くんだって満足させてもらえないと。なぁ？」

共犯者のように横目で聞かれ、史は苦笑するように言った。

「まあ、男性を選ぶのでしたら、重要なポイントかもしれませんけどね」

「ふざけるな…！　――冗談じゃないっ！　つきあってられるか…！」

菊川は吠えるように二人をにらみつけると、ものすごい勢いで背中を向けて帰って行った。

このまま別荘を出てくれれば、ほんの少しは静かになりそうでいいんだがな…、と史はそれを見送る。

そしてあらためて、目の前の男に向き直った。

「英之さん……でしたか。気がつかなくて失礼しました」

「二十年ぶりくらいだからな。男前になって見違えたか?」

ずうずうしくうそぶいた男に、史は表情も変えないまま、すまして答えた。

「ずいぶんと下ネタのお上手なオヤジになったものだと驚きました」

それに英之が肩を揺らして大きく笑い出す。

「まったくなぁ…。月日がたつのは早いもんだよな。おまえもまだぜんぜん、ガキだったもんな……」

感慨深げにつぶやいた男に、史はちょっと驚く。

自分のことなど覚えていたのか……、と。

二十年近くも前に何度か顔を合わせただけの子供だ。

まあもっとも、今回の史の相続について耳にしてから、あわてて記憶の底をさらって思い出したのかもしれないが。

「今は何のお仕事をされているんです?」

何気ない世間話のように尋ねた史に、男がうーん…、とちょっと考えるように顎をかく。そして冗談めかした口調で答えた。

「そうだな…。しばらく前までは人身売買だったかな。今は各種コンサルタント業務ってところだが」

コンサルタント業。なんとでもこじつけられる、都合のいい肩書きだ。

それにしても人身売買とは穏やかではない。どういう意味だろう？　まさか、そのままの意味ではないはずだが。

しかし聞いても、まともに答えてくれそうな気はしなかった。

いずれにしてもヤクザな仕事というわけで、――もしかすると、風俗とかキャバ嬢とかのスカウトマンかもしれない。いかにも似合いそうではある――史はそっとため息をついた。

なんとなく…、失望した、というか。

なんだろう。この男には、史の知らない場所ででも自分に納得できる生き方をしていてほしかったという気がする。

大きな……本当に史にしてみれば大きな背中に、やはり憧れていたのだ。

八色の名前ではなく、自分の実力で、才能で道を切り開いていた男に。

だがよりによってこの時期、この別荘に顔を出したというのは、やはり遺産のおこぼれにあずかろう、というつもりなのだろう。あわよくば、史に――この男がどこかで噂を耳にしたとすれば、おそらく恭吾のことなのだろうが、ここに到着すると対象が自分に変わっていたわけだ――取り入ろう、と。

そしてもっとうまく行けば、相続人に収まることも可能なのだ。

プロ野球選手を辞めて以来、一族の集まりに顔を出すこともなく、英之の噂はまったく聞かなかった。今もまともな職に就いている可能性は低く、こんな平日の真っ昼間から、のんびりと別荘に滞在していられるくらいだ。金にも困っているのだろう。

「それでどうかな?」

と、ふいに聞かれて、史は怪訝に首をかしげた。

「何がです?」

「面接。俺は通りそうか?」

いたずらを仕掛けるような目で聞かれて、ああ…、とようやく思い出す。

面接場。このテラスを、そんなふうに男は言っていたのだ。英之は、当然、史が配偶者を選ぶためにここにいると思っているわけだから。

「そうですね…。一次審査くらいは通るかもしれませんね」

あえて素っ気ない口調で史は言った。冷めてしまったコーヒーに手を伸ばし、何気ない様子で喉を潤す。

「一次か…。先は長そうだな。俺にしときゃいいのに」

テーブルに肘をつき、ふぅ…、とあからさまなため息をついてみせる。

「ずいぶん調子に乗ってますね」

なぜかちょっととまどいつつ、史はそれでも冷ややかに言った。

「それともよほど自信がおありですか?」

ちらっと、さっき英之がしたのと同じように、視線だけで男のモノを値踏みするように眺めてやる。

「試してみるか?」

にやっと笑って聞かれ、史は無意識にちょっと唇をなめた。

昔、憧れた大きな背中。大きな腕。……だが、今は違いすぎる。

この男は昔の男ではないし、今の自分も……昔とは違っているのだろう。ずいぶんとスレてしまった。それが大人になったということかもしれないが。

「……まさか」

ようやく答えた声が、なぜか少しかすれていた。

「ま、それはともかく……どうだ? 俺と契約しないか?」

と、男がお茶請けにおいてあった小皿から小さなチョコレートを一つ摘《つま》みながら、何気ない調子で言った。

「契約?」

「そう。コンサルタント契約」

「何のコンサルタントです?」

「恋愛」

聞き返した史に、男が短く言った。

「具体的には恋人契約だな」

その提案に、史は思わず男の顔を見つめ返した。

「……どうしてわざわざ？」

男の真意がわからない。

「今の状況にはずいぶんうんざりしているように見えたが？　君は初めから相手を選ぶ気なんてないだろ」

チョコレートの包みを外し、口に放りこみながら英之があっさりと言う。

「それは……」

鋭く指摘されて史は言い淀んだ。

そういえば、上の窓から他の連中には見せない裏側をすっかりのぞかれていたのだった、と思い出す。

「君は財産放棄してるわけじゃないから、黙ってても遺留分は入るしな。それにしたって数十億は下らないだろう。わざわざ配偶者を選ぶ必要はない。むしろうっかり選んだら、そいつに全部持っていかれるわけだしな」

なるほど…、と史はちょっと感心した。

まったくその通りではある。……華さんが本当に亡くなっているのであれば、だが。

「俺に決めたことにしとけば、他の連中はずいぶん牽制できると思うが?」

確かに、今日みたいにのべつ幕なしにアプローチをかけられていたら、まともな仕事にもならない。

……とは思うが。

「そうやって、それこそあなたが他の方を牽制するつもりなのかもしれない」

「君を独占して手に入れるために?　……いいね」

軽く鼻で笑うようにされて、自意識過剰と言われたようでちょっとムッとする。

「ま、君が俺の魅力に落ちるのは勝手だが」

「まさか」

どこかとぼけたようにうそぶいた男に、史はつっけんどんに返した。

「残念ながら、あなたは私のタイプではないようですね」

指先で眼鏡を直しながら、冷ややかに宣言する。

「それは残念だな」

口ほどにも思ってはいないらしく、男の目は明らかに笑っている。

「だが君にとって俺を恋人にするメリットは、少なくとも三つある」

男は指を三本立ててみせた。

「まず第一に、うるさいアプローチを蹴散らせる。第二に、オプションで味わったことのないほどのめくるめく夜を体験できる」

思わず、ぷっと史は噴き出した。

ずうずうしいと思うのに、妙に憎めない。

「めくるめく……、ですか。その表現もオヤジだと思いますが。……で、第三は？」

「君が意地悪言うから、三番目は内緒にしておく」

オヤジ、と言われたのに多少なりとも傷ついたのか、英之がむっつりと腕を組んで言った。

それでもにやりと史の目を見て笑ってくる。

「第三のメリットは、俺に落ちた時に教えてやるよ」

「私としては落ちる気がまったくないので、そのメリットは永遠の謎になるわけですが？」

冷ややかに指摘すると、男は肩をすくめて言った。

「じゃ、落ちなかった時にも教えることにしよう。別れる時に。……きっと後悔すると思うけどね？　素直に俺の腕に落ちておけばよかった、って」

いかにも意味ありげな口調がどうにもうさん臭い。口だけのような気もする。

「私のメリットはともかく、あなたのメリットは何です？」

史は冷静に聞き返した。

「何のメリットもなく、あなたがそんなことをする必要はないでしょう？」

淡々と質《ただ》した史に、ふむ…、と男がうなずく。そしてあっさりと言った。

「それはもちろん、金のためさ」

さすがに史は返す言葉に迷う。やはり遺産のためだとしたら、結局、他の候補者を牽制するつもりだというだけではないのか？　と思うのだが。

「遺産じゃない。そういう無謀な賭けに出るつもりはないからな。だから、……そう、コンサルタント料かな？　俺も今ちょっと、手元が淋《さび》しいもんでね…。堅実な稼ぎをしたいわけだ」

史のその表情を読んだように、男が続けた。

「つまり、私にあなたを雇えということですか？　恋人として」

「そう。その通り」

ちょっとあきれて確認した史に、男が大きくうなずく。

史は思わず鼻で笑った。一瞬、バカバカしい…、と思ったが。

……しかし、よく考えてみれば、案外悪くないのだろうか？　という気もしてきた。

これから日に日に親類縁者の攻勢は強くなるのだろうし、今日みたいに連日、コーヒー腹になるのは勘弁してほしいところだ。

多少なりとも彼らの気をそらすことはできるだろうし、……それに、相手がこの英之だというのは、連中にとってはかなりショックなことだろうと思う。

八色一族の敗残者のように思ってきた男に、もしかすると遺産をすべてかっさらわれるかもしれないのだ。

それはちょっといいかもな…、と思ってしまった自分に、やっぱり嫌な性格だな、と内心で自嘲《じちょう》する。この男の言う通りに。

「で、そのコンサルタント料はおいくらです？」

一応検討してみる、というくらいの素振りで、史は尋ねてみる。

「そうだな…。弁護士の相談料は三十分五千円くらいだったか？　一日の実働が十五時間として、日給十五万でどうだ？」

「実働が十五時間は多く見積もりすぎじゃないですか？」

「拘束料を含めて」

冷静に指摘した史に、男はすまして言った。

そこまでの価値があるのか、という気はするが。

「いずれにしても二週間後まで…、ということですね？」

ゆっくりと確認しながら、史は考えこむ。

「まあ…、そうだな」

男がのんびりとうなずく。

「ちなみにオプション料金はサービスにしとくよ。俺のベッドテクニックを試したくなったら遠慮なく言ってくれ」

「間に合ってますよ」

……エロオヤジ。

にやりと笑って言われ、史は冷たい目で返す。

が、じわじわと男の口車に乗っているようで、なんとなくヤバイな…、という警告が身体の奥で鳴っている気がした。

だがよく考えてみれば、危険なことなど何もないはずだった。

もともと遺産自体が絵に描いた餅でしかない。どうあがいても、この男の手に遺産が転がりこむことはないのだ。自分が落ちようが、落ちまいが。

とすれば、この男を利用することに特にリスクはないように思う。

金に困っているのは本当だろうから、この男にはいいバイト、というわけだ。

「いいでしょう」

史はうなずいた。請求書は華さんに送ろう、と思いつつ。

「期間は二週間…、より短くなるかもしれませんけどね」

「了解。じゃ、とりあえず携帯番号を交換しようか」

「え？」

ジーンズのポケットから自分の携帯を取り出して目の前で軽く振られ、史はちょっととまどう。

「まずは、アラームの手間を省いてやるよ」

◇　　　◇

その日の夕食は、なかば他の連中に見せつけるように英之と一緒だった。

それで初めて英之がこの別荘に来ていることを知った親戚たちも多く、驚いたように彼を眺めていた。やはりバイキング形式の――メニューはもちろん朝とはまったく違うが――食堂が一気にざわめいた。

さすがに親戚でも若い世代は英之のことを知らず、当時を知っていた者たちにとってもおよそ二十年ぶりになるのだ。

そして英之の素性が知れてからは、さらに彼を見る目が厳しくなったようだった。

それこそ生きているのか死んでいるのかもわからなかったような男が、こんな状況でいきなり現れたのだ。

当然、狙いがある、と疑っている。そう。遺産を、だ。英之にとっては、一発逆転、起死回生のチャンスなのだ。

そして早くも史に接近し、感触を得ているらしいことにあせったようだった。

しかし出会っていきなり恋人同士、というのもさすがに不自然なので、じわじわと距離をつめていく感じにしていて、最初の数日、昼間は仕事中心の史から、英之の方で適度な距離をとっていた。

そしてどこで見ているのか、史が誰かに捕まったタイミングでうまく会話に割りこんでくれたり、携帯に電話を入れてくれる。なるほど、アラーム代わり、というわけだ。

おかげで昼間は仕事が進んで助かるが、その分、親戚連中は攻めあぐねて、いらだちが募っているようだった。

史に接近するチャンスでもある朝食はだいたい桜や恭吾が一緒のことが多く、夜は英之と食べるようになっており、そんな中ではなかなか近づいてもこられない。

そして日を追うごとに、親戚連中の鬱積《うっせき》と非難は史よりも英之の方に偏り始めていた。

ろくな仕事もしていない穀潰しが、いきなり横から出てきておいしい獲物をかっぱらおうとしている——、というわけだ。

配偶者というポジションはハードルが高いにしても、先々、史がこの莫大な遺産の管理人になることは十分に考えられるわけで、うまく取り入っておけば先々財団なり創設した時にはそれなりの肩書きや役職が期待できる。あるいは、仕事の上で資金を融通してもらうためにも有効だ。

遺産をめぐって真っ向から異を唱え敵にまわるか、あるいはここで味方についておいて、将来的な安定を図るか。

そのあたりの駆け引きと判断は恭吾の時と同様、一族の中でも分かれており、いずれにしても英之の存在は目障りなのだろう。

英之はまわりのそんな敵意が剝き出しの視線を平然と浴びながら、一日中、別荘でのんびりと過ごしていた。

時折、温水プールで泳いだりテニスをしたりと、なかなか健全で優雅なブルジョア生活だ。

さすがに過去の名残か、引き締まったいい身体つきだった。無意識に目を奪われる。

史狙いで来ているはずだろう女たちの視線を集め、同年代の男たちの嫉妬を買っていた。

「腐っても鯛《たい》というわけか…」

「ハッ、腐ったら食えねぇよ」

屋内プールへ入ったところで、出て行こうとする二人組とすれ違い際、そんなやっかみが聞こえてくる。

どうやらあの男の存在は、それだけで一族をかきまわしてるな…、と内心でちょっと笑いながら、史はプールサイドまで足を伸ばした。

片面がすべて庭に面したガラス張りで、秋のやわらかな日差しが水に反射している。

レーンは少なかったが、きっちり二十五メートルある温水プールだ。一角には二、三種類のジャクジーやサウナもあり、屋外へのドアを開くと山の景色が眺められる露天風呂へと続いている。

五日ほどがたった週末だった。

プールにいる、とあらかじめ聞いていたので、史は昼間の仕事は少し手を止め、なんとなく様子を見に来ていた。さすがに、土曜に仕事の電話がひっきりなしというのも不自然な状況で、このあたりで少し、恋人的な雰囲気を見せておくのもいいだろう、と。

プールサイドからざっと見まわして、英之の姿はすぐに目についた。実際に泳いでいるのは、彼だけだ。

そのレーンのあたりまで歩いていって、彼のだろう、バスタオルがおいてあるプラスチックのイスの隣に腰を下ろす。

休みなしに五、六往復もしてから上がってきた男が、ゴーグルを外して頭にのせ、史に気づいて、よう、と片手を上げた。

「足は大丈夫なんですか？」

バスタオルを投げてやりながら、史は思い出したように尋ねる。

「ん？　ああ…、プロでやっていくには難しいってだけでね。普通の運動には問題ないさ。泳ぐのはいいリハビリにもなったしな」

タオルでざっと身体を拭いてどさりと横のイスに腰を下ろしながら、英之があっさりと答えた。

まあ、もう二十年だ。歩いている姿に違和感はないし、当然かもしれない。

「このところ運動不足だったからな…。ちょうどいい。おまえも泳いだらどうだ?」

気持ちよさそうに身体を動かす姿は、見ている方も爽快な気分になる。

が、そんなふうにうながされて、そうですね…、と曖昧にうなずきながらも、この身体の隣に立つのはちょっと勇気がいる気がした。やはり男としては、だ。

泳ぐつもりではなかったので、史は普通に白のビジネスシャツだ。さすがに今日はノーネクタイで、喉元のボタンも外していたが。

「ジャクジーと温泉で身体を癒やしたい気はしますけど」

ちらっとそちらに目をやって言った史に、男がバサッとタオルを腰のあたりにかけながら低く笑った。

「オヤジを通り越してジジイだな」

仕返しのつもりか、そんなふうに言う。

「あなたほど体力がないのは認めますよ」

片手を上げて、史は肩をすくめた。

本当に今までどこで何をしていたんだろう…、と思う。怠惰な生活を送っていたのなら、もっとたるんでいてもいいだろうに。

引き締まった身体はきっちりと定期的なトレーニングをしているようにも見える。

「それにしても、これだけ毎日遊んでいて日給十五万はぼったくりじゃないですか？　普通に月給ですよ」

「とんでもない。面倒な親戚相手に、毎日、体力と精神力をフルに使ってますよ」

腕を組み、いくぶん嫌味に言った史に、男はとぼけたように返してきた。

それにしては、まったく生き生きと毎日を過ごしているように見えるが。

プールサイドには、さすがに街のジムと違って人の姿はほとんどなく、水着姿の女性があと二、三人、というところだろうか。どちらを悩殺するつもりか知らないが、なかなかきわどいビキニ姿だ。

胸のあたりを強調するようにして優雅にジャクジーに浸かったり、プールサイドをウォーキングしたりと、さりげないアピールが見える。別サイドで日光浴のように身体を伸ばしている中年の女性は、いかにもおもしろくなさそうな顔でこちらをちらちらと眺めていた。

と、ふいににぎやかな話し声が聞こえてきたと思ったら、三、四人連れだって若い男たちが入ってきた。若い、といっても、二十代なかばくらいだろうか。史よりもいくつか年下だ。

ギャハハハハ…、と何かバカ笑いをしていたようだが、史たちの姿を見つけて、ぴたり、とその声が止まる。しばらく嫌な感じでひそひそと話していたが、そのうち何気ない様子でこちらに向かってきた。

「こんにちは、芝崎さん。なんだかすっかりこの別荘にも馴染《なじ》んでますねえ…。もうあなたの家みたいだ」

穏やかな口ぶりで、朗らかな笑顔で。しかし目は笑っておらず、明らかな嫌味だった。

史は負けずににっこりと返した。

「ええ、おかげさまで。この別荘の維持管理についても考えなければいけませんから。……西《に》野《の》さんたちも今のうちに滞在を楽しまれておいた方がいいでしょう。告別式のあとは気安くおいでになることもできなくなるかもしれませんよ」

つまり、この別荘が史の持ち物になったら——、ということで、ぐっ…、と男たちの表情が強ばる。何か言い返そうとしたが言葉が見つからないようで、横にいる英之に憎々しげな視線をやって吐き出すように言った。

「なんだ…、やっぱりアンタも男好きなのか。こういうのがタイプなの?」

史と英之が接近していることは誰の目にも明らかで——もちろんそう見せているのだが——、やはりあせりといらだちを感じているようだ。

「プロ野球の選手崩れなんだって? 名前、聞いたこともないけどなー」

「無名のままクビ切られたんだろ。よくある話さ…。才能もないのに勘違いして、運だけでプロに行ったたってことだよ」

「うらやましいよなァ…。腰を振ってやるだけで遺産が転がりこんでくるなんてな」

別の男たちもあざけるように言葉を重ねる。

史はわずかに息を呑んで、そっと横の男の様子をうかがった。

が、英之は平静なままだった。ゆったりと手を伸ばして、横のテーブルにおいておいたペットボトルの水を飲む。ゴクリ…、と大きく喉が動くのに、無意識に目が吸いよせられる。

そしてまっすぐな目で男たちを見上げた。

それだけで一瞬、射すくめられたように男たちが息をつめる。凍りついたように動きが止まった。

ふっと吐息だけで英之が笑う。ゆったりと頬杖をついて、ことさら優しげな、しかし低い声で尋ねた。

「坊やたちはお兄さんにケンカを売りたいのかな？」

年の差だけでもなく、やはり貫禄と威圧感が違う。

「な…なんだよ……」

じりっと無意識にあとずさりながら、男の一人が口の中でつぶやく。

「俺はこれでも修羅場を抜けてきてるんでね…。張り合いもないバカとはケンカはしない主義なんだが」

そう、英之は挫折を挫折として、ちゃんと受け止めてきているのだろう。……たとえ今、まともな仕事をしていないにしても。

何をしても家族に尻ぬぐいをしてもらってきた連中とは違う。初めから相手になるはずもなかった。

「なんだと…っ？」

「キャバクラの女を孕《はら》ませて会社に乗りこまれたり、賭博に注ぎこんだあげく会社の金に手をつけてあわてて親父さんに補塡《ほてん》してもらったり、電車で痴漢したのがばれて女の子の下半身を盗撮した携帯を押収されたり、酔ってクラブで女を殴ったのを大金払ってもみ消してもらったり……、ま、そういうアホとケンカをするつもりはないね。ケンカをするにも相手は選ぶ」

「きさま…！」

いかにも当てこすりのように指摘され、真っ赤な顔で男がつめよってくる。

「だっ…だいたいこいつがおかしいんだろっ！　八色の一族でもないくせになんでずうずうしくここにいるんだよっ⁉」

しかし英之を攻撃することができず、矛先を再び史に向けてきた。指を差してなじってくる。

そんな男を、史は冷ややかに眺めた。相変わらずだな…、と、冷笑してしまう。

そう、それぞれに八色グループの社長や重役の子弟である彼らにとって、顧問弁護士などただの使用人に過ぎないのだろう。だがそのことに引け目を覚えたことはない。両親には何不自由なく育ててもらった、と感謝もしていた。

だが自分に対していつも主人面するような連中に、ずっと鬱屈したいらだちを覚えていたのは確かだ。

自分の力で何かをしたこともないくせに――、と。

それに、やはり英之が淡々と言った。

「この別荘は八色のものじゃない。華さんのものだ。華さんが認めた人間がいるだけだろう」

静かな言葉に、史は、えっ？　と男の横顔を見つめてしまった。

ふっと遠い記憶がよみがえる。

『おまえ、八色の子じゃないだろ？　なんでここにいるんだよ？』

ずっと昔、やはりそんなふうに同い年くらいの子供に言われて、いじめられたことがあった。

一族が集まる、何かのパーティーの時だ。

史がまだ七つか八つか…、そのくらいだっただろうか。

何人かの子供に囲まれて、いいようにつっつかれて。だが手出しはできなかった。祖父にとって、八色が大きな仕事相手だということは認識していたから。

その時、史をかばってくれた男がいた。

『ここにいていいのは八色の人間じゃない。華さんに招待された人間だ。史はちゃんと招待されてるんだよ』

いじめっ子たちをさとすように、そう言って。

あれは……この人だったのか……？

ぼんやりと、記憶の中に昔の面影がよみがえる。

そう…、だったのかもしれない。あの当時はずっと大人にも見えたけど、確かにまだ「大きいお兄さん」というくらいの年だった。

「華さんがコイツを認めたっていうのかよっ？」

男が憤ったような声を上げる。それがいっぱいにプールに響き渡る。

「だから相続人に指定したんだろう。……ま、少なくとも華さんが、女を孕ませて逃げ出すようなクズよりはマシだと思ったのは確かだな」

容赦なく言って、英之は腰にかけていたタオルを無造作に払い、ゆっくりと立ち上がった。

男の前にまっすぐに立つ。

体格はもとより、明らかに迫力が違っていた。

何をされたわけでもないのに、弾かれたように数歩、男があとずさる。英之はさらにもう一歩、前に踏み出した。

「な…、なんだよ……っ」

震える声を絞り出し、威圧されるままに男が下がった瞬間――。

バシャーン！　と大きな水音とともに派手な水しぶきが上がり、男の姿が目の前から消えていた。背中からプールに落ちたのだ。

「に、西野…っ！」

あせったように仲間たちがプールサイドに膝をつき、あわてて手を伸ばしている。

あっけにとられて目を丸くしていた史に、英之はいたずらっ子のように舌を出してみせた。

ぷっ、と小さく史は笑ってしまう。

なんだろう、昔はさわやかないいお兄さんだった気がしたのだが、ずいぶんと人が悪くなった気がする。世間の荒波にもまれたせいだろうか。……まあ、おたがいさま、と言えるのかもしれない。

それにしても、連中の醜聞についていて、よくあそこまで知っているな…、と感心する以上に不思議だった。英之の細かく上げた内容は、史も知っていた。すべて正しい。

が、二十年も一族と距離を空けていた英之がそこまでくわしいのはなぜだろう？

しかもそれは、相手の顔と名前が一致していなければ的確に出てこないことだ。

「どうした？　さっきの…、言われたことを気にしているのか？」

知らず、じっと男の顔を見つめてしまっていたらしい。史の様子に、英之が眉をよせて尋ねてくる。

「いえ…、別に」

史はあわてて首をふって、微笑んでみせた。

「今さらですよ。昔から言われ慣れていることですから」

「慣れるようなことじゃねぇぞ？」

わずかに目をすがめて手を伸ばし、軽く史の顎を撫でるようにして男が言った。

何気ないふうなそんな言葉が、ふわっと優しく胸に落ちる。

……案外、タラシなのかもな……。

内心でそんなことを思う。女の扱いはうまそうだ。

「おもしろいショーでしたね」

と、ふいにそんな声が聞こえてきた。

ふり返ると、いつの間にか、カメラを抱えた桜が楽しげな顔で立っている。

「もしかしてさっきの、撮ってたの？」

史は驚いて尋ねた。落ちた男が壁沿いに水をかき分け、ようやくプールの隅のハシゴから上がってよろけながら出て行く背中を、ちらっと視線で追う。

「ええ。あの隅の方から望遠で見てるとすごくよくわかるんですよ、加賀さんの狙いが。だからタイミングもばっちりだったし、きれいな水しぶきが撮れましたよ。——あ、ほら」

デジタルの一眼レフで、その場で再生して見せてくれる。

史と英之は二人してそれをのぞきこんだ。

「ホントだ」

水面から見事に四十五度の角度で背中を向けて落ちている男の姿。その次に、プールサイドから上がる派手な水しぶき。

「顔が撮れてりゃよかったのにな…」

英之が意地悪くにやりとする。

男の顔は、振りまわしている腕に隠れてちょうど見えないのだ。

「いいんですよ。うっかり顔が入ると権利問題とかややこしくて売れなくなるから。——あ、ちょうどよかった。加賀さんが泳いでるところの写真、撮らせてもらっていいですか？」

「泳いでるところ？」

桜の頼みに、英之が怪訝そうに首をひねった。

「顔は写しませんから。えーと…、ウェブの素材集とかに使うんですよ。今日はプール周辺で集めようかな、と思って」

ああ…、と英之がうなずいた。そして、いかにもな様子で顎を撫でる。

「いい素材というわけかな？」

「ええ。かっこよくて、申し分ないですよ」

ニッと笑ってまともに返され、英之がちょっと困ったように頬をかいた。

「ま、桜にそこまで言われたら断れないか…。泳ぐだけでいいのか？」

「ええ。あと、飛びこむ瞬間とか。適当に撮らせてもらいますから。……あ、ちゃんとあとで確認してもらいますから、NGなショットがあれば言ってください。消しますよ」

「了解」

気安いやりとりをして、英之がゴーグルをかけ直しながら飛び込み台に向かう。一番端のレーンで、プールサイドから桜がカメラを構えていた。

桜にしても、英之がプロにいた頃のことはほとんど覚えていないはずだったが、案外気が合っているようだ。桜のさばけた……まっすぐな気質のせいでもあるだろう。

史はプラスチックのイスにもどり、気がついて英之が投げたままのバスタオルを拾い上げると、横のイスの背にかけてやる。

そしてぼんやりと、二人を眺めていた。

きれいな、力強いフォームだった。なめらかに水をかいて、大柄な身体が流れていく。

さっきまでの小競り合いもつぶさに観察していたのだろう女性たちも、無意識にもそちらに目を奪われているようだった。

やはり運動神経はいい。事故さえなければ…、今頃は誰もが名前を知る強打者になっていたのだろうか。

そんな過去を、今も悔やんでいるのだろうか……。

「あら、めずらしい。今日はあの強面のナイトが一緒じゃないの？」

ふいにかけられた声にふり向くと、泉が立っていた。桜の母親だ。今日は少し長めの黒いジャケットに白のパンツ姿だった。

「英之さんなら泳いでますよ」

その表現に史は思わず苦笑して答えた。

「あら、ほんと。桜もいたのね」

プールの方を眺めてから、泉は横の、英之が使っていたイスにすわりこんだ。

「それにしても、あなたも男の方がよかったの？　桜はもう売れちゃったからなー。しかも勝手に遺産を放棄しやがって、あのバカ」

テーブルに頬杖をついて、ハァ…、と大きなため息をもらす。

そんな単刀直入な言葉に、史は愛想笑いを返すしかない。さっきの西野に言われたことと大差はないはずだが、嫌な気分にならないのは、やはりそこに含まれる感情の違いだろう。

「お仕事の方、うまく行ってないんですか？」

おおよそのことは史も把握していたが、そう尋ねてみる。

「っていうか、タチの悪いのに目をつけられててね。吸収合併なんて絶対嫌だし。――あーっ、もう……！」

きれいに描いた眉をよせて、泉がうめく。

「お力になれることがあれば言ってください。法律上のことでしたら、アドバイスできるかもしれませんから」

愛想よく言った史に、ガバッと身を起こした泉がぎゅっ、と両手で史の手を握ってくる。

「ありがとう…っ、史くん！　優しいのね」

「いえ、そんな」

あわてて手を引っこめようとしたが、なかなかに強い力だ。

「泉…ッ！」

と、こちらに気づいたらしく、あわてたように桜がプールサイドから飛んできた。

「何してんだよ、あんたは…っ。その手を離しなさいっ！　いやらしいだろっ」

桜がムギッ、と泉の手の甲を上からつねるように引っ張って、ようやく史も自分の手をとりもどす。

「なによ、人を色情狂みたいに…」

泉が不本意そうに口を膨らませてぶつぶつ言った。

「今のアンタはアニーちゃんのためなら何でもやりかねないからな…。頼むから、夜這《よば》いとか考えるなよ?」

苦り切った顔でうなった桜に、泉がハッと気づいたように両手をたたく。

「夜這い！　……そうね、その手があったのかしら。やっぱり既成事実かしらね」

「おい…。だから、年、考えろって」

「なんですって?」

うんざりと言った桜を、泉がぎろりとにらみつける。

と、その二人の背中からふいに明るい声がかかった。

「俺なんかどうです？　ひどいなー、桜は。泉さん、俺よりたった一つ二つ、年上なだけでしょう？」

プールから上がって、水を滴《したた》らせながら英之が泉に笑いかけている。これまで他の親戚連中にも見せたことがないような、往年を彷彿《ほうふつ》とさせるさわやかな笑みだ。

——なんなんだ……。

と、妙に史はむっつりとしてしまった。

「あら、英之くん」

そんなあからさまなお世辞は、しかし泉を喜ばせたようだ。

んなわけないだろ…、と横でつぶやいた桜が、後頭部から拳《こぶし》で殴られている。

「昔からきれいな人だなぁ…って、会うたびに思ってたんですよ。高校生くらいの時。年上の女性に憧れる年頃ですしねえ。俺なら夜這い、大歓迎ですけど」

「あらあ…、うれしいわ。でも英之くんには狙ってる人がいるんじゃゃなくて？」

ちらっと史を横目に、泉が意味ありげに尋ねた。

「なかなか難攻不落なもので。別のきれいな花を見るとよろめきそうですよ。……でも、泉さんは金のない男には興味ないでしょう」

「そう。残念だけど。今の私にはアニーちゃんが一番大切なのよね」

「はっきりしてるなー」

英之がおもしろそうに笑い、顎を撫でながら感心したようにつぶやく。

「あんたたちもねー」

と、泉は他の二人の男――自分の息子と史とをちらっと交互に見ると、ハァ…、と深いため息をついて見せた。

「男ならせめてこのくらい言えるくらいに人間が洗練されてほしいものだわー」

言いたい放題言ってから、桜の方に向き直った。

「もうここにいても仕方ないみたいだし、私は今日、帰るから。車、持ってくわね」

「え…、あ……そうなのか？」

桜がちょっと驚いたように聞き返している。

それにかまわず、今度は史をふり返った。

「そのうち、本当に相談させてもらうかもしれないわ。その時はよろしくお願いするわね」

「あ…、はい」

史もちょっとあっけにとられ、そう返すのがやっとだった。

じゃあね、とあっさり言うと、きれいにウェーブした髪を払って泉が帰って行く。

呆然とそれを見送る二人の横で、英之がなるほど…、とうなった。

「華さんとはまた違った意味で女傑だよなあ、泉さん。結構、タイプなんだけどなー」

その後ろ姿を見送る英之の表情になぜかムッとして、史はイスから立ち上がった。

「申し訳ありませんが、電話を入れる用を思い出したので先に失礼します」

無意識につっけんどんな口調で言うと、さっさと歩き出す。

「――ん？　あ、おい…、史」

英之がちょっとあせったように追いかけてきた。

「どうした？　妬《や》いてるのか？」

「まさか」

肩口から指先で頰を突っつかれ、からかうように聞かれて、ふん、と鼻を鳴らす。

「そんな必要はないでしょう」

妬いている――わけじゃない。そういうことじゃない。

ただなんとなくもやもやしてしまったのは、泉の目から見れば英之の方がずっと大人に見えたのか、ということが納得できなくて……だろうか。

泉くらいの女性を軽くあしらえる英之が、急に自分よりしっかりとした男に思えたのが、自分でも認められない気がしたのだ。

――ただ遊び慣れてるだけだ……。

そんなふうに思ってもみるが、妙に悔しい。

「史？」

「気安く呼ばないでもらえますか」

ますます早足に史はプールサイドを横切って行く。

「どうして？　恋人だろ？」

「それは……」

にやにやと言われて、知らずカッ…と頰が熱くなる。

前も見ずますます足を速めた史に、いきなり英之が声を上げた。

「史…、――おい、危ないぞっ」

――と、次の瞬間。

自分の身に何が起きたのかわからなかった。

足下の感触がタイルに変わった――と感じる間もなく、ずるっ、と足がすべった。というより、穴に落ちるようにいきなり足下が抜けたのだ。

上体のバランスが崩れ、一瞬にして全身が水に呑みこまれる。

決して冷たくはない。いや、温かいくらいで、しかし身体はずっしりと重く、水底へ引っ張りこまれるような感覚――。

とっさに水をかき、底へ手をついて水面に顔を出すが、それでも前後左右から激しい湯が顔面にたたきつけられ、ひどく息苦しい。吐き出そうと口を開けると、その瞬間に痛いくらいに大量の湯が浴びせられ、無様に咳きこんでしまう。さらに湯の力に押されるように膝が崩れる。

なんだ…っ、とパニックに襲われそうになった時、力強い腕に史の身体が支えられた。

「史…！　ほら、大丈夫だって」

男の大きな背中で、正面から史の顔にたたきつけていた水流がさえぎられて、ようやく呼吸が楽になる。

夢中で息を吸いこみ、ぐっしょりと濡れた前髪をかき上げた。

ただ呆然としてしまう。はぁはぁ…、と荒い息をつきながらも、自分が子供にするみたいに両脇から抱き上げられ、男の膝の上にすわらされていることにはっと気づく。

「な…っ、――は、離してください……っ」

「嫌だね」

あせったのと恥ずかしいのとでとっさに暴れたが、男はにやにやとしたまま傲然《ごうぜん》と言い放ち、腕を放さなかった。

それでも少し落ち着くと、史は自分がプールの出入り口のすぐ脇にあるジャクジーバスに落ちたのだということがわかる。床をくりぬかれる形で作られた大きな円形の風呂で、下からは細かい泡が噴き上げ、浴槽の壁からは三百六十度、激しいジェット水流が噴射されている。

「なんでこんな……」

ただでさえ服のまま落ちて全身ずぶ濡れで、ひどく重いし、暴れて体力は使うしで、史はもう抵抗する気力もなく、ぐったりと男の胸にもたれかかった。

自分がこんな無様な醜態をさらしてしまったことが、まったく信じられない。

「いいじゃないか。たまには服で風呂に入っても。もっと状況を気楽に楽しめよ」

耳元で英之が暢気《のんき》に言う。

史を膝にのせたまま、泳ぐようにゆったりと壁際へ動き、ぶくぶくと泡の噴き出している床へすわりこむ。

「とてもそんな気分にはなれませんね」

憮然《ぶぜん》と返しつつも、史は男の身体にもたれたまま、背中に当たってくる水流を今度は心地よく受けていた。

温かいお湯と、大きな腕の中にすっぽりと収まって、ひどく安心している自分に気づく。

ここまで非日常的な……情けない状態になると、あとはもうどうにでもなれ、という気分だった。……なんだろう、妙な解放感がある。開き直り感というのか。

それでも、あ…、とようやく思い出した。

「眼鏡…、どこかにありませんか？」

「ん？　ああ…」

英之も気づいたらしく、ようやく史の身体を離してくれる。

ちょっと…、ほんのちょっと、名残惜しい気持ちになりながらも、史はのろのろと立ち上がって浴槽の縁に腰を下ろした。さすがに肌に貼《は》りつく服が不快だったが、しかし今さらどうにかしようという気にもなれない。

「見えねぇなー……」

泡立って底の見えにくい中をのろのろと進みながら、英之が眼鏡を探してくれる。

「まあ…、ずいぶん楽しそうですこと。幸せで結構なことね」

窓際で日光浴をしていた女がローブをまとい、外へ出て行きながらちらっとこちらを見て、いかにもな調子で嫌味を残していく。

幸せそう——なんだろうか？

妙にとまどいつつ、まあ退屈はしないのかな…、とちょっとため息混じりに笑ってしまう。

引きずられてるよな…、と思う。

——本当は、もっと用心しなければいけなかったのに。

◇　◇

日を追うにつれ、なんとなく別荘での生活のリズムが決まってくる。

相変わらず「刺客《しかく》」は次々と送られてくるし、脅しのように迫ってくる八色《やいろ》の人間もいたが、だんだんと、日中英之《ひでゆき》と一緒に過ごす時間も増えてきて、適当に追い払ってくれていた。

なにしろ、英之には八色の後ろ盾がない。決していいことではないのかもしれないが、反面、誰を敵にまわしてもかまわないわけで、どんな相手にも気兼ねする必要がないのだ。

昼間に史《ふみ》が仕事をしている時は――テラスだったり、リビングだったり、庭だったりと、日によって仕事場は替えていたが――英之はおとなしく近くで本を読んでいることもある。時に広大な庭の手入れを手伝って芝《しば》を刈《か》っていたり、館の外壁の洗浄やプール掃除をしているのが見える場所で、史の方が仕事をしていたり。そして夕食後は、桜《さくら》や恭吾《きょうご》を交えてカードゲームをしたり。史もそれなりにリラックスした生活だった。

「ずっと別荘に缶詰じゃ、たまってるだろう？　オプションを使う気はないのか？」

時折、そんなふうに英之からかかってくるアプローチは、適当にあしらっていた。

本当なら、それもコミで楽しんでいいところなのかもしれない。おたがいに小娘ではないのだ。寝ることは簡単だったし、一度寝たからといってどうこう言うわけではない。

それで史が「配偶者」を決める必要はなく、「寝てみたらがっかりした」と評価することも可能だった。

だが一度寝てしまったら……今の気楽な空気が壊れてしまいそうな気がして、妙にためらわれた。

ほどよく息が抜けて、オヤジのつまらない下ネタにあきれて。今の感じがなんとなく、居心地がよかった。

言動は相変わらず不遜《ふそん》で、時に挑発的で、他の親戚連中からは顰蹙《ひんしゅく》を買いまくっていたが。

というか、かなり意識的に、英之は自分を目立たせている気がした。嫌味をぶつけてくる連中の神経を逆なでするような言動を、あえてとっているように思うのだ。

自分の存在を誇示するためだろうか…、とも思ったが、その分、史への風当たりは小さくなっていて、もしかすると、わざとそうし向けているのかもしれない。

自分が彼らの前に立つことで、それこそ、その大きな身体を風よけみたいに使って……史をかばってくれているのだろうか。

昔みたいに。

彼らが史を攻撃する言葉は、基本的に「八色の人間でもないくせに」なのだが、英之に対しては、それを使うことはできない。

その八色の中ではひときわ毛色の違う男は、しかし「人を見る目」は、実業家並みにかなり鋭いようだった。向かってくる相手の性格をしっかりと見抜き、的確に対処していく。

だから多分…、争わないようにもっとうまく立ちまわることもできるはずだったが、あえて怒らせているようなのは、やはり史に向かう敵意を自分に振り向けるためなのだろうか。

身内に対してはそんな感じだったが、しかし別荘の使用人たちにはずいぶんと気さくで、受けがいいようだった。それこそ、自宅でもないのにあれこれ文句をつける連中が多い中、英之はたいていなんでも自分で片づけていたし、運動代わりにか、別荘の掃除や手入れをよく手伝っていた。だからこっそりと、「絶対、英之さんがいいですよ！」と史に強力に推薦してくる馴染《なじ》みの使用人もいる。

その男がここ二、三日、妙にべったりと自分にくっついているな…、という気がして、史が怪訝《けげん》に思っていたら、桜が、

「あー…、俺がアレ、言ったからかな…？」

と、思いついたように耳打ちしてくれた。

どうやら桜は英之に、この前、恭吾が親戚連中に襲われたことを話したらしい。

それを心配しているのか、史がトイレに立つにも行き先を確認し、寝るまでしっかりと側にいて部屋まで送ってくれていた。

意外と生真面目に、「契約」を守るつもりなのだろうか。

まあ、一日十五万の高額バイトだ。そのくらいしてもらわなければ割が合わないとも思う。

しかし妙に慣れない感覚がくすぐったく、……それでも誰かに気を遣われるのは、やはりうれしくて、胸の奥が温かくなる。

なんだろう…、本当に「恋人」に大事にしてもらうのは、こんな感覚なんだろうか、と思うと、反面、なぜか淋《さび》しい気もしたけれど。

そして二週間という期限も半分が過ぎ、残り五日ほどになっていた。

そろそろ一度、華《はな》さんに確認をとっておかないとな…、と思っていた頃だ。

夕方の四時くらいだろうか。

彼女は一階のホール——華さんの遺影がおいてある部屋から出てきたようだった。

正式には公表していない——できない——華さんの訃報は、基本的にそこそこ近い、利害関係のありそうな親類縁者にだけ知らされていたようで、彼らにしても遺言を聞いたあとでは新しくライバルを呼びこみたいとは思わなかったのだろう。職場へもどっても口を濁していたのか、大きくそのニュースが流れることはなかったが、それでも一族の中ではじわじわと広がっているらしい。

そのためか、毎日数人は新しく聞きつけた親戚や関係者、知り合いなどが焼香に訪れていた。

彼女もそうだったのだろう。そして、史の今おかれている立場を耳にしていたのか。

「史…！　——その…、芝崎《しばざき》さん」

ちょうど玄関から入ってホールの階段を上ろうとしていた史は、その声に何気なくふり返り、思わず息を呑《の》んだ。

ちょうど焼香をすませたところだったのだろう。

喪服ではなかったが、深いネイビーの落ち着いたスーツ姿だった。同い年の三十一歳。小ぶりなバッグを手に、今の立場を感じさせる上品な雰囲気だ。

「……おひさしぶりですね、佐枝《さえ》さん」

一呼吸おいてから、ようやく史は言った。身体の奥に埋もれていた小さなトゲが、ふいに顔を出したようだった。

痛み…、というよりも、息苦しさがよみがえる。自分でもわからない何かを吐き出したいような。

「ええ、本当」

彼女はわずかに強ばった笑みを見せた。

顔を合わせたのは、二、三年ぶりになるだろうか。まともに言葉を交わしたのは、もっとだろう。

史の昔の恋人――。

同じ大学で知り合い、卒業後もしばらくつきあっていた。彼女が他の男と……、史の旧知の男と結婚するまで。

「令夫人には今日はどうされました？　お焼香ですか？」

自分でもわかるくらい、皮肉な口調になっている。

ダメだ…、と心のどこかではわかっているのに。自分にこの人を責める資格などない――。

「ええ。つい昨日、聞いたばかりで。告別式には主人とも顔を出させてもらうつもりですけど。

「……あなたのことも聞いたわ。八色の養子になったんですって?」

いくぶん視線を外して、どこか口ごもるように言った彼女に、史はふいに怒りがこみ上げてくるのを感じた。

やっぱりか…、と。冷笑してしまう。

「伸輝《のぶてる》さん…、ご主人もこのバカげた争いに参戦されるつもりですか。使える手駒がありましたか?」

知らず、辛辣《しんらつ》な口調になっていた。

「そうじゃないのよ。ただ…、あなたにお願いしてみようかと思って」

絞り出すように言った彼女が、ようやく思い切ったように顔を上げる。

「知ってるんでしょう? 今…、主人の会社があまり思わしくなくて」

知っていた。

彼女の夫である嘉島《かじま》伸輝──史が昔、兄のように慕っていた男は、八色一族の中心的な家の出ではあったが、あえて美容関係とは離れた会社を自ら興していた。が、その経営が今は行き詰まっているようだ。

実家には啖呵《たんか》を切って飛び出した手前、今さら頭も下げにくいのだろう。

「今さら私に何ができると?」

冷たく突きつけられた言葉に、彼女が息を呑む。そして静かに目を伏せた。

「そうね…。あなたに言うようなことじゃなかったわ」

ごめんなさい、と彼女は小さく口にするとそっと頭を下げた。

「失礼します」

それだけを硬い口調で言い、くるりと踵《きびす》を返して玄関を出て行った。

「あ……」

その背中に、史は急に落ち着かなくなる。

違う――そうじゃない。

本当は、わかっていたのだ。

彼女が金で動いたと、そう自分で思いたいだけだった。自分のプライドを守るために。そのための言い訳でしかなかった。

本当は、違うのだ。

彼女が別の男に気持ちを移すのはあたりまえだった。……自分が、まともに彼女を見ていなかったのだから。

何年も惰性のようにつきあっていて、ぼんやりと結婚まで考えていても。

史の気持ちはおそらくずっと、別の……男のところにあった。

だがその思いは、初めからあきらめていた。ずっと封印していた。自分でも気がつかないふりをしていた。

だからその男が——彼女にプロポーズした時、あまりにも自分がみじめで。

全部を彼女のせいにして、自分を守りたかっただけだった……。

やりきれない…、体中に何かもやもやと息苦しいものがいっぱいにたまっていた。自分自身の醜さが身体の中で発酵して、じわじわと腐っていきそうだった。

無意識に階段を駆け上った史は、上がりきったところの床に落ちていた黒い影に気づき、ハッと足を止める。

顔を上げると、手すりに両腕をのせて英之が立っていた。

あっ、と思わず声を上げていた。表情も変わっていただろう。

見られていたのだとわかる。さっきの場面を。

しばらく呆然と男の顔を見上げたまま、それでもなんとか体面をとりつくろおうとしたのだろうか。

「本当に……、嫌な性格なんですよ」

そんな言葉が口からこぼれ出る。そう言いながら、必死に笑おうとした。

だが——限界だった。ぐしゃっ、と自分の顔がゆがむのがわかる。

史はあわてて男から顔を背け、絞り出すように言った。

「見ないで……くれませんか……。今すごく……、汚い顔をしてる」

本当にこの男には、自分の嫌なところばかり見られている。

……見られたくなかった。誰よりもこの男に、今の自分の顔を見られたくないと思う。

「史」

低い声が耳に落ちた。優しい…、ただ穏やかな声が。

大きな手に頭が撫《な》でられた。そして男の腕が史の肩からまわされ、顔も頭もそのまま胸に埋もれてしまう。全部、隠してしまうように。

子供みたいにすっぽりと抱きしめられて、無意識にぎゅっと、指先が男の胸をつかんだ。小さな嗚咽《おえつ》がこぼれ落ちる。

「ああ…。おまえが嫌な性格なのはわかってるから」

優しく背中を撫でられながら頭の上で小さく笑うように言われ、涙をにじませながら思わず史も笑ってしまった。

ひどい言われ様だ……。

大きく息を吸いこんだ瞬間、男の匂いが体中に沁《し》みこんでくるようだった。

それが気恥ずかしく、……妙に安心する。

「——あぁ…？　なんだよ…、こんなところで見せつけてんのか？」

と、ふいに不機嫌な男の声がホールに響くように耳を打った。

「まったく節操がねぇな…。さすがに人の財産を横取りしようってヤツらは恥知らずだよ」

チッ、と舌を打って吐き出された言葉に、ビクッと身体が揺れる。

あわてて男の腕を放そうとした史だったが、逆に英之はさらに強く、史の身体を腕の中に抱きこんだ。相手の視線から、史をさえぎろうとするみたいに。

「見せつけてんだよ。悪りぃか?」

そして低く、すごむように言うと、相手が押し黙る。

肩を抱いたまま、英之は部屋まで史を送ってくれた。

「夕食はどうする?」

ドアのところで、いつもと変わらない様子で尋ねてきた英之を、史はじっと見上げた。

「——史?」

そのまま答えない史に、男が怪訝そうに尋ねてくる。

ようやく気づいた史はあわてて視線をそらし、そっと息を吸いこんだ。唾《つば》を飲みこみ、無意識に乾いた唇をなめる。

「オプションを……、使わせてもらっていいですか?」

そして男の顔を見ないまま、史は震えそうになる声を必死に抑えて言った。

うん? とちょっととまどったようになった英之がどんな顔をしているのか、史にはわからない。正直、見るのが恐かった。

あきれているのか、ほくそ笑んでいるのか。

「だからといって…、あなたになびいたわけじゃありませんよ?」

急に恥ずかしくなって急いでつけ足した自分の言葉は、自分の耳で聞いてもいかにも強がっているようで、よけいに恥ずかしくなる。

からかうように何か言われるかと思ったが、英之はただ低く、穏やかに言っただけだった。

「おいで」

その声とともに、うつむいたままの目の前に大きな手のひらが差し出される。

二回、大きく呼吸してから、史は震える手を伸ばし、そっとその手のひらの上に自分の手を重ねた。

「あっ…」

瞬間、ギュッと強くつかまれて、思わず小さな声がこぼれ落ちる。反射的に引こうとしたが、がっちりとつかまれたまま、次の瞬間、史の身体は男の腕に抱き上げられていた。

「ちょっ…、英之さん……っ！」

あせった史にかまわず英之はドアを蹴って閉じると、そのまま奥のベッドへ運んでシーツの上に投げ出す。

「待ってください…っ」

肘《ひじ》をついて上体を起こした史はあせって声を上げたが、男は無慈悲に言い捨てた。

「ダメだな。オプションは一回発動したら止まらないことになっている」

「ケダモノですか…っ」

思わず飛び出したそんな非難に、男が吐息で笑う。

そして顔を上げた史の前で、ゆっくりと服を脱ぎ始めた。史にしっかりと見せつけるみたいにして。

ジャケットを肩から落とすとバサリ…、と側のイスに投げ、ベルトを外す。ベッドの端に腰を下ろし、無造作に靴と靴下を脱ぎ飛ばす。

ベッドの上に膝《ひざ》立ちになって史を見下ろしたまま、男は一つ一つシャツのボタンを外し、ゆっくりとそれを脱ぎ捨てる。

たくましい裸体があらわになって、史は息もできずに男を見上げたまま、その身体から目が離せなかった。何か、めまいがするようだった。

そしていつの間にか大きく近づいてきたその身体が、抱きすくめるようにして史の全身を包み、そのままベッドへ押し倒す。

「あ……っ」

身体にかかる男の重みに、喉元《のどもと》に触れる吐息に、どくっと身体の奥に熱が生まれる。

「おっと…」

気づいたように小さくつぶやいた男の手に眼鏡《めがね》が外され、横のナイトテーブルへ移された。

そしてベッドへ張りつけられるように両手の指が絡められ、どこか憎たらしく、不遜な男の顔が真上から見下ろしてくる。

「史……」
誘うように…、あるいは許可をとるように名前が呼ばれ、男の唇がそっと、鼻先をかすめる。
「ん…っ…」
史が目を閉じてわずかに顎《あご》を上げると、次の瞬間、唇がふさがれた。熱い舌が唇の隙間《すきま》から
ねじこまれ、口の中をかき乱していく。奪われるまま舌が絡めとられ、きつく吸い上げられて、
濡《ぬ》れた音が耳に弾ける。
「ふ…、ん……、……あぁ……っ…、あ……」
ねっとりと濃厚なキスが何度も仕掛けられ、次第に頭の中が溶けていく。ようやく唾液《だえき》を引
くようにして唇が離されて、史はホッと息をついた。
そっと目を開けると、目の前に楽しげな笑みを浮かべた男の顔がある。
「めくるめく体験ができるんですか……?」
ちょっと笑って尋ねた史に、男が自信たっぷりに答えた。
「そう。二度と忘れられないような」
言いながら、片方の指先が史のシャツのボタンを外していく。開いた隙間から、ツッ…、と
指先で肌がたどられ、それだけでざわざわと皮膚の下の細胞が震えてしまう。ゾクリ、と背筋
に痺《しび》れが走る。
――ヤバイ……。

と思った。ひさしぶりだからだ…、と、それでも自分に言い訳して、必死に息を整える。

だがそんな史の努力も鼻で笑うように、男の手が薄い脇腹《わきばら》を撫で上げていく。ざわっと広がった危ういような感触に、史はぶるっと身震いした。

今にも声が飛び出しそうで、気持ちだけが焦る。

初めてでもないのに。

やがて確かめるようにじっくりと脇腹を撫でた手が這い上がり、シャツの前をはだけさせながら片方の胸をあらわにする。そして指先がオモチャを見つけたみたいに、小さな突起を執拗にいじり始めた。

「はっ……ん……っ」

爪の先で何度も弾かれ、押し潰されて。きつく弱く摘《つま》み上げられ、ひねられて、鋭い痛みに思わず声がこぼれる。

「感度がいいね。すごい弾力だ」

ぷっつりと立ち上がった乳首を指の腹で転がすようにされながら低く笑って言われ、カッ…、と頬が熱くなる。

思わず男をにらみ上げるが、唇の端で小さく笑い、なだめるように軽くキスが落とされる。

「ひっ…あぁ…っ……」

そしてそのまま顎から喉元へと唇がすべり、軽くついばむようにしながら肌が愛撫《あいぶ》された。

痛いくらい指になぶられて敏感になった乳首がねっとりとやわらかい男の舌になめ上げられ、その落差にたまらず高い声がほとばしる。思わず片手で男の髪をつかみ引き剝《は》がそうとしたが、あっさりと手首が押さえこまれて、さらに執拗に味わわれる。

こらえきれず身をよじった史に、男がいったん身体を起こした。

「そこは…っ、もう……っ」

乳首から淫《みだ》らに滴《したた》る唾液を指先で拭《ぬぐ》いとり、さらにこすりつけるようにしていじられて、史はたまらず泣きそうになりながらうめいた。

「もう？　まだ、じゃないのか？」

吐息で笑うように言って、もう片方を隠していたシャツを無造作に払いのける。

「こっちも可愛がってほしそうにつんつんしてるが？」

意地悪く言われ、指先で軽く弾かれて、史はたまらず唇を嚙んだ。

「我慢してる顔がすげぇそそられるな」

「なっ…」

くっくっと笑いながら耳元でささやかれ、さらりと頰が撫でられて、もうどうしようもなく史は両腕で顔を隠そうとする。

「ダメだろ」

冷酷に言いながら男の手が強引に引き剝がし、片方の肩からシャツが引き落とされた。そしてもう片方も。

しかし腕のあたりまでで止められて、史はハッと目を見開いた。

不自由なまま後ろで両腕が拘束された状態で、男の狙いが明らかにわかる。

「英之さん…っ！」

思わず声を荒らげるが、男はそんな史を満足そうに見下ろした。

「ちゃんとエロい顔、見せてもらわないとな…」

言葉通りじっと史の表情を見つめながら、唾液に濡れた突起を再び指でもてあそび始める。

「あぁ…っ、あっ……う…っ…ん……」

じりじりと身体の奥から湧《わ》き出してくる疼《うず》きを必死にこらえながら、史はぎゅっと目をつぶって身体をひねる。

しかし片方をいじられながら、ほったらかしにされていたもう片方の乳首が舌で愛撫されて、ザッ…、と総毛立つような感覚が全身を襲った。ゾクゾクと、身体の芯から何か得体の知れない感覚が湧き出してくる。

「うっ…、く…ぅ…、ん…っ、あぁ……っ！」

まともに身動きとれないままに身体をよじり、必死に快感を散らそうとするが、身体の奥からにじみ出してくる熱はどんどんとたまっていくばかりだ。

思うままにそこを味わった男の舌と指がようやく離れ、史はようやく息をつく。

荒い息を整えている間に男の手は脇腹を撫で下ろし、ズボンのボタンを外していた。

「――あっ……」

気がついた時には腰が持ち上げられ、あっさりと引き下ろされる。

「乳首いじっただけでもう濡らしてるのか…？」

優しげに言われた声がよけい恥ずかしさを募らせる。

いっぱいに成長したモノが窮屈に下着に押しこめられ、盛りの中高生でもないのにすでに先端からにじんだもので布には染みができてしまっていた。

「あっ…、あぁぁ……っ！」

そして無造作に中へ入れられた手の中にすっぽりと握りこまれ、軽くしごかれると甘い快感が下肢から背筋を突き抜けていく。ビクビクと腰が揺れてしまう。

「可愛いな…」

小さくつぶやきながら男の手は巧みに史のモノを愛撫し、そのまま下着も引き剝がした。

外気にさらされて頼りなく思ったのもつかの間、膝が折り曲げられ、腰が浮かされて、男の身体が足の間に入りこんでくる。

「や……っ…」

男の目の前にあからさまに中心が暴かれ、カッ、と頭のてっぺんまで血が昇った。

「はっ…ん…っ、あぁ……っ」

しかしやわらかな内腿《うちもも》に舌が這わされ、甘噛みするように歯が立てられると、身体の芯にゾクッと危ういような刺激が走る。そのまま足の付け根がなめられ、硬く張りつめて反り返している中心の、その周辺が丹念になめられる。触れられてもいないのに、先端からはぽたぽたと恥ずかしく蜜が滴っていた。

「や…、んっ…、あぁ……っ……、そこ……っ」

じくじくと疼く先端に刺激が欲しくて、無意識に史は腰をひねり、はしたなく男の口に近づけようとする。

「どうした？　くわえてほしいのか？」

「あ……」

楽しそうに聞かれ、ようやく史は自分がしていることに気づいていたたまれなくなる。

――けれど。

「満足……させてくれるんじゃないんですか……っ」

必死に涙目でなじるように言うと、英之はふっと優しげな表情で笑った。

「もちろん」

そして根本から熱い舌がゆっくりと反り返した裏側をなめ上げると、そのまますっぽりと先端が口に含まれた。

「あぁぁぁ…………っ」

硬い口蓋《こうがい》にしごかれ、舌でくびれのあたりから先端が丹念になめ上げられて、あまりの快感に意識が飛びそうになる。しかし男の片方の指が根本を押さえこんだまま、さらに蜜をこぼす先端が指の腹でもまれて、史は激しく腰を振り乱した。

そのまま足が大きく広げられ、太腿の内側に唇が這わされると、いっぱいに膨らんだ双球が口の中で味わわれる。

そして舌先はさらに奥へとたどっていったが、与えられる快感を受け止めるのに精いっぱいだった史は、そこに触れられるまでそれに気づかなかった。

固く閉ざされた後ろが強引に指で押し開かれ、やわらかく濡れた感触がそこをなめ上げる。

「なっ……——やぁ……っ」

思わず腰を跳ね上げたが圧倒的な力で押さえこまれ、頑《かたく》なな襞《ひだ》が溶けきってしまうまで、執拗にその部分が愛撫された。

濡れた音が絶え間なく耳につく。ふぅ…、と息を吐き、男がようやく顔を上げる。

ぐったりとした史はそのことにも気づかないくらいだった。それでももっと硬い感触に襞がいじられ、さらに奥へと侵入してくると、無意識にぎゅっときつく締めつけてしまう。

「あぁぁ…っ、あぁっ…、いい——……」

その抵抗を楽しむように、ずるり、と何度も抜き差しされ、二本に増えた指で中をかき乱されて、史は夢中で腰を振った。

じん…、と甘い陶酔が身体を包む。けれど、どこかもどかしいような、もの足りないような疼きが腰にわだかまっている。

男が抱え上げた膝に軽くキスをすると、中の指を一気に引き抜いた。

「あっ……まだ……っ」

ぎゅっと腰を締めつけ、思わずみじめな声がこぼれ落ちる。それに気づいて、頬が熱くほてってしまう。

男が吐息で笑った。そして膝立ちになると、自分のズボンのファスナーを引き下げ、中のモノを取り出す。すでに硬く、張りのあるそれを、史の手をとって握らせた。

「ほら…、コイツもおまえを欲しがってる」

「あ……」

どくっ、と手の中で脈打つ熱い塊に、史はうろたえた。喉が渇いてくる。

それでも……自分の欲しいものがこれだということはわかっていた。

「いいか?」

確認するようにまっすぐな目で聞かれ、史はそっとうなずく。

男の手が史の腰を持ち上げて、おたがいの中心をこすり合わせた。そして硬い先端で後ろの入り口を探ってくる。溶けきった襞が恥ずかしくそれに絡みついていくようだった。

「どっちがいい? 前からか、後ろからか」

すぐにでも入れて欲しいのに、意地悪くそんなことを尋ねてくる。

「どっち……で……も……」

史はまわらない舌で必死に訴える。

どっちでもよかった。ただ早く、ひたすら早く欲しい。早く男の熱を身体の奥に感じたかった。

「ほほう…、姫君はどっちもお望みか？」

しかし男は聞き違えたふりをして、勝手なことを言う。

「ち…ちが……っ」

「期待には応《こた》えないとな」

あせって否定しようとした史は、しかし次の瞬間、ずくっ…、と硬い熱に貫かれて、大きく身体をしならせた。

「あっ…、く…、あぁぁぁぁぁぁ――……っ！」

一瞬の痛みと、そのあとに襲いかかってくるような熱い波に抵抗もできずに呑みこまれる。

いったん根本まで収めた男は馴染ませるように緩やかに動いたあと、小刻みに揺らしながら出し入れした。

「あっ…あっ…あぁ……っ、あぁぁ……っ」

男が動くたび、中をこすり上げられるたび、甘い快感に身体がくねる。

さらに片方の足だけが恥ずかしく抱え上げられ、膝立ちになった男に激しく腰を使われた。

上から自分の痴態が余すところなく見つめられて、その視線だけで身体が熱く高まる。

「お願い……っ、……あぁっ…、お願い…っ、前……っ」

こらえきれずに、史はみじめにねだる。ほったらかしにされた前が触れられないままに蜜を滴らせ、こすり上げたくてたまらないのに拘束された腕ではどうしようもない。

ああ…、とようやく思い出したように、英之が史の膝を折り曲げ、わずかに前屈みになるようにしてさらに後ろへ深く突き入れながら、手を伸ばして前を慰めてくれた。

「あぁっ、いい…っ、いい……っ。あ……——もう……っ」

あまりの快感に、史はそのまま達してしまう。

一瞬、意識が真っ白に洗われ、それでもようやく自分の荒い呼吸が耳に届いた。

低くうめいた男がずるり、と後ろから引き抜いていく感触に、思わず息をつめる。史だけがいかされたらしく、それはまだ硬くて、熱くて、ぞくり…、と肌が粟立つ。

そっと潤んだ目を開けると、目の前に自分を見下ろす男の顔があって、史と目が合うとにやっと笑った。ぺろり、と唇をなめる。

「よかったか?」

あれだけ感じていて、よくなかったとは言わせない——、とでも言いたげな表情だ。

「……まあまあですね」

それでもそんなふうに答えてやる。

低く笑って、男は無造作に史の身体をひっくり返した。

「なっ…なに……っ」

「このままでいいのか?」

一瞬あせったが、腕から着崩れたシャツが引き下ろされて、史は身体から力を抜く。

「――ちょっ…、英之さん……っ!」

しかしシャツが脱がされて、ようやく自由になった次の瞬間、背中から押し倒されるような格好で腰だけが持ち上げられ、史は思わず声を上げた。

「まあまあで納得されても、俺としては納得できないからな…」

「そ、それは……。――あっ…」

「それに、後ろからもしてほしいんだよな?」

「誰もそんなことは……っ」

からかうように言われて、必死に否定するが、もとより聞く気はないのだろう。

手慣れた様子で男は暴れる史の身体を組み伏せ、両手をつかんだまま背筋にそってキスを落としてきた。

「あぁ……」

やわらかく優しいその感触に、史は知らず身体をのけぞらせる。前にまわされた指で両方の乳首がなぶられ、息が上がるほどもてあそばれる。

内腿から足が愛撫され、中心が巧みにしごかれて、史はネコみたいに身体をしならせた。

ほんのさっき達したばかりの身体が、じわじわと熱をこもらせる。

大きなモノでこすり上げられた中が今度は指でかきまわされ、同時に前の袋が指でもみこまれる。

「んん…っ、あ……」

史は指でシーツをつかんだまま、なんとか波をやり過ごそうとした。

だが男にあわてる様子はない。

ざらりとした大きな手のひらと、無骨な指と。熱く器用な舌と、意地悪な唇と。全部を使って、ゆっくりと楽しむように史の身体を追い上げていく。

「――んっ……、く…ぅ……」

指だけでいかされそうになって、史は必死に唇を噛み、ぶるっと身体を震わせてこらえる。

男が低く笑って、早くもぐっしょりと濡れた史の前をこすり上げた。指先でいじるようにして先端をなぶり、さらに蜜を溢《あふ》れさせたあと、根本をきつく押さえこむ。

そして後ろから指を引き抜くと、代わりに自分のモノを突き入れた。

「あぁぁぁぁ…………っ！」

指とは比べものにならない目のくらむような快感に、史は大きく身体をのけぞらせる。

しかしゆったりと二、三度打ちつけ、さらに焦らすように何度か抜き差ししたあと、男のモノはあっさりと出て行ってしまった。

あっ…、ととっさに史は腰を締めつけたが、甘くこすり上げられた感触だけがそこに残る。そして熾火《おきび》を熾こすように、淫らに収縮する襞がいじられた。

「あっ…、あっ……、やぁ…っ…」

ねだるように腰が揺れるが、なかなか指は中へ来てくれず、たまらず自分から腰を突き出すようにしてしまう。

「どうした?」

わかっているくせに意地悪く聞きながら、男がその腰のてっぺんに軽くキスを落とす。

そしてようやく指で中をなだめてくれた。

だが、あっという間にそれがもの足りなくなってくる。指を抜いたあとのヒクヒクとうごめく襞が舌先で愛撫され、さらに硬い男のモノが再び入り口にこすりつけられて、史の身体は期待で熱く温度を上げる。

ゆっくりと男のモノが中へ入り、しっかりとつながって——きつくくわえこむ史の腰を何度か抜き差しした。

「あぁ…っ、ああ……いい……っ」

満たされる快感に、もっと、もっと、と無意識に求めてしまう。いっぱいに反り返した前が男の指でもまれ、前も後ろもギリギリまで追い上げられる。

だが寸前で、男は再び身体を離してしまった。

「あぁぁ……っ、まだ…っ、まだ……っ」

失望に、こらえきれず史は涙をにじませる。

そんなことが二度、三度とくり返されて。

「英之さん……っ」

たまらず涙目で肩越しにふり返ると、人の悪い笑みを浮かべた男が軽く史の涙に濡れた頬を撫でた。

「どうした？」

とぼけるように聞かれ、焦らされているのだ、とようやく気がつく。

「早く……」

どうしようもなく、それだけを必死に言葉にする。

「早く？　何を？」

さらににやにやと男がとぼける。

「しつこいのはオヤジの証拠ですよ…っ」

カッとなって腹いせのように吐き出した史に、男は卑怯にも、切なく震えている史の先端をきつくなぶった。

「ひ…あぁぁっ……！」

もう痛みだか快感だかわからない感覚に、身体がよじれる。

「いいのかな？　そういう可愛くないことを言ってると……もっかい焦らすぞ？」

「あっ…、やだ…っ、い…いや……っ、ダメ……っ」

どうしようもなく泣きながら、史は首をふった。

これ以上されたら……どうにかなりそうだった。

「くださ……っ、お願い……なか……っ…、――あぁ……っ……ん…、いかせて……ぇ……」

恥ずかしく腰を男の身体にこすりつけるようにしながら、舌足らずにねだる。

「カワイイよ、おまえは」

男の満足したような吐息が耳に落ち、ゆっくりと男のモノが中へ入ってきた。

「あぁっ、いい……っ！」

もう離さないように、史はきつくそれを締めつける。

腰がつかまれ、激しく突き入れられて、体中が溶け落ちそうな快感に溺《おぼ》れる。

「あっ……あぁ……もう……！」

しかし絶頂を極めようとした瞬間、今度は強引に腕が引かれ、背中から抱き起こされた。

そのまま男の腰にすわりこむような形で、深く男のモノを迎え入れる。

「――あ……ふ……っ……あぁぁ……っ！」

今まで感じたこともない深いところまで男のモノが埋められた。

そのまま両膝がつかまれ、大きく揺すり上げられて、史は自分がどんな格好をしているのかもわからないままにあえぎ続けた。

「我慢せずに思いきり乱れろ」

熱っぽくかすれた男の声にうながされるまま、史は自分から腰を振り立て、夢中で与えられる快感をむさぼった――。


気がついた時、窓の外にはとっぷりと夜の闇が落ちていた。

物音一つしない静寂だ。

だが自分の身体を抱きしめる男の腕が優しく、温かく、心細さを覚えることはない。

やってしまったな…、という、なんだろう、あきらめというか、仕方ないな…、という思いはあったけれど。

これから……どうしようか、と。この男との関係を。

もちろん、無料のオプションをつけただけで何が変わることもないはずだったけれど。

何時くらいだろう。夕食も食べずに……その、してしまっていたから、まだ真夜中にはなっていないはずだ。

わずかに身じろぎした史に気づいたのか、ふぅ…、と熱い息を吐いた男の腕が背中から史の腰に巻きついてくる。

「いい声、上げてたな…。ん…？」

軽く身体を引きよせ、肩口に無精《ぶしよう》ヒゲをこすりつけるようにしていやらしくささやいてくる。

「意外と尻が軽くて驚きましたか？」

弁護士などというお堅い仕事のくせに。

「いや。意外と色っぽくて驚いた」

目を閉じたまま、ちょっと自嘲《じちよう》気味に言った史に、男の声がさらりと返る。

「てゆーか、昔を思い出して、ちょっと犯罪な気分になった……」

むー…、と喉でうなった男に、史は苦笑した。

「昔って…。今、私がいくつだと思ってるんです？　三十一ですよ」

そろそろ青年というにも苦しくなっている年だ。

「そーなんだよなぁ…。あのカワイイ子供がこんなにふてぶてしくなるんだよなぁ…」

「すみませんね」

妙にしみじみと言われ、史はちょっとぶすっとしてしまう。

自分だってずうずうしいオヤジになったくせに…、と心の中で反論した。

「……いや。やっぱりカワイイかな。ちょっといじけ虫なところがね」

喉で笑いながら男が言った。指先で後ろから頰をつっついてくる。

「誰が…っ」

――いじけ虫だっ。

ムッとして肘で男の腹を突き上げた史の腕が笑いながらぐっと引かれ、そのまま男の身体が上からのしかかってくる。

「ちょっ…、英之さん…っ」

「拗《す》ねるなよ。カワイイって言ってんだろ?」

男の手のひらが史の頰を撫で、額を撫でて、顔中、あっちこっちにキスを落とす。

「何言ってるんですか…。そんな年じゃありませんよ」

なんだか恥ずかしくて目が合わせられないまま、史は男のキスを避ける。

こんなふうに誰かとベッドの中でじゃれ合っていることが不思議で……妙に楽しい。三十も過ぎたいい大人二人がやることじゃないな…、と思うのに。

今まで誰とも、終わったあと、こんなふうにベッドで過ごしたことはなかった。男にしても、女にしても。

余韻を楽しみたい彼女の相手をするのがひどくおっくうな気がして。男相手ならもっと簡単で、欲求が満たされるとすぐに身体を離していた。

……本当に嫌な人間だったんだな、と思う。自分勝手で、自意識ばかりが強くて。

こんなに……気を許して甘えられる男はいなかったのだ……。

足が絡められ、あからさまに男の中心が史のモノにこすりつけられる。

「ん……」

どくっ、と身体の奥で血がたぎるようで、史はそっと息を吐いた。

「もっかいする？」

楽しげに、耳元でくすぐるような声がする。

「体力あるんですか？」

「おまえよりはあると思うが」

いかにも疑わしげに聞いた史に、男は澄まして言った。そして両手で史の頬を包みこむようにして撫で、鼻先をなめるようにキスする。

「こんなに色っぽく育ってくれて、おにーさんはうれしいね」

男の唇が耳の下から喉、胸へとすべり、むさぼるように肌をついばみ始める。

「もうおっさんでしょう…。暑苦しいですよ」

口ではそう言いながらも、史は目を閉じてその愛撫を心地よく受け入れた。

じわじわと身体の熱が上がり、こぼれる息もかすれてくる。

さっき……あれだけやったというのに。

かすかに濡れたキスの音。男の吐息。

そして、男の熱っぽい声が耳に落ちる。

「好きだよ…、史」

——瞬間。

ハッと、史は目を見開いた。

なぜだろう？　スッ…、といきなり身体の中が冷えていく気がした。

好き——？

うれしい…、言葉のはずなのに。

いや…、あるいは受け流せるくらいの軽い言葉のはずだった。

単なる流れでも、ベッドマナーの一つででも、簡単に口にできる。それに深い意味をおく必要もない。

なのに、その瞬間、それまでの無邪気で楽しかった空気が霧散し、楽しい夢から一気に現実に目覚めたようだった。

そうだった…、とようやく思い出す。

この男にとって自分は金づるなのだ。もちろん初めからそのつもりだったはずだ。そのつもりで近づいてきた。

こんなふうに…、初めから史が落ちていくことを狙っていたのだ。

そう。きっと抜け目なく、計算高く、ずっと一族の様子をうかがいながら。

実際、よほど一族の中の事情に通じていないと「キャバ嬢を孕ませて騒動になった」などという事実は知らないだろう。両親にしても必死にもみ消したはずのことだ。

それならこのタイミングで別荘に姿を見せたのもうなずける。

なんとなく、史は小さなため息をもらした。

昔、かばってくれた時は多分、何の打算もなかったはずだ。

だが今は——大きな遺産が絡んでいる。今かばってくれたのは……やはり、そのためなのだろう。

それもこの男の手、ということだ。自分を落とすための。

「どうした？」

急に反応が悪くなったのに気づいたのだろう。

英之が顔を上げ、怪訝に尋ねてくる。

なんだろう…。史は急激な怒りにかき立てられた。体中が震えてくるほど。

ちゃんとわかっていたから——わかった上で、少しの間、夢を見られたらそれでよかった。

この二週間だけ。

本気になるはずもないのだ。自分も——この男も。

「残念でしたね」

男の手を振り払い、史は無表情なまま冷ややかに言った。

「いくら私を口説いたところで遺産は手に入りませんよ」

「史？」

怪訝そうな男にかまわず、史は身体を起こしてベッドを下りた。

いらだたしく床に脱ぎ散らかされていた服を蹴り、クローゼットに用意されていたバスローブを羽織る。

「……何が言いたい？」

男のいくぶん固い声がずっしりと耳に落ちる。いつになく険しい眼差しに、たまらず目を伏せてしまう。

それでも史は、脇のソファの背に身体を預けるようにして淡々と続けた。

「初めから…、そのつもりでここに来たんでしょう？　でなければ、八色の現状や一族の動向をあれだけくわしくつかんでいるはずはない。きっちりと計画を立ててきたんですよね。……確かにお上手でしたよ。あなたには職業的なヒモの才能がある。ツメが甘かったですけどね」

本当に。こんなにうまく…、乗せられたのだ。

初めからわかっていたにもかかわらず、だ。

よけいな一言さえ言わなければ、せめて二週間は「恋人」でいられたものを。この男の割のいいバイト代にしても、もう少し増えたはずだ。

あるいは…、この二週間が過ぎたあとでも身体のつきあいくらいはできたかもしれないのに。

ちょっと冷笑してしまう。

「つまり、俺は初めから金目当てでおまえに近づいたと？」

目をすがめ、じっと史を見つめたまま、男が尋ねてくる。

「他に理由はないでしょう」

史はあっさりと言い切った。ちらっとあたりを見まわして、ライティングデスクの上からタバコを持ち上げ、一本出して火をつける。

……結局、そういうことだ。

初めからわかっていたことなのに、キリキリと胸の奥が痛い。痛むことが悔しかった。情けなかった。

煙が目に沁《し》みて、泣きそうだった。

それでも必死に息を吸いこみ、まぶたに力をこめて、史は男をふり返った。

「たった数日で私を好きになるわけないでしょう。お金なら別ですが。嫌いな人間はいませんからね」

「時間は関係ないと思うけどね」

冷ややかに言った史に男は短く息をつき、肩をすくめてみせた。

「それにおまえのことは昔から知ってる」

「何を知ってると？　昔から嫌な人間だったということをですか？」

史は軽く鼻を鳴らした。

大昔の子供だった頃しか知らないくせに。……いや、その当時でさえ、かわいげのない嫌な子供だったということはあり得る。

男がベッドの上で片膝を立て、その上に肘をついて、いくぶん困ったように指先で頭をかく。

恥ずかしげもなく前をさらしたままで、史は反射的に視線をそらした。

さんざんあの男の腕の中で可愛がられたことを思うと、今さらにみじめになる。……それを楽しんだ、夢中になった自分が。

くすぐったく幸せな時間だった――その記憶が息苦しい。

無意識にきつく唇を嚙みしめた。

「史…。おまえは……覚えてないのか？　昔、俺に言ったことを」

もう一度ため息をつき、男が静かに尋ねてくる。

「何か……私が言いましたか？」

ただ静かなその声に、ふっと史は顔を上げる。思いあたらず、わずかに眉をよせた。

「俺がプロを辞めた時だ。おまえ、中学生くらいだったか？」

この男がプロを辞めた時……？

言われて、とまどいながらも記憶を探った。

そう。確かに会った気はする。東京《ときよう》の、華さんの屋敷で。

「俺が自暴自棄になってた頃だな」

かすかに自嘲するように言われ、……確かにその頃の英之なら、それも無理はない。

「あの時、おまえは俺に言ったんだぜ？『ヒーローは一度はピンチに陥るもんだよ？　でも絶対、最後は勝つんだから』って」

男の言葉に、史は思わず目を瞬かせた。

「……そんなこと、私が言いましたか？」

覚えてはいなかった。

だが……憧《あこが》れだったのだろう。やはり。あのまま終わってほしくないという思いがあったのか。

そう信じたかったのだ。しかし結局、今の英之はこういう状態だということだ。他人の財産に寄生するような。

「おまえの夢を壊しちゃいけねぇな…、って俺でも思ってね。俺なりに今までやってきたつもりだったんだが」

「英之さん……？」

そんなふうに言った男を、史は少し混乱して眺める。

何が……言いたいのだろう？

男はゆっくりとベッドから下りると、放り出していたパンツをとりあえず穿《は》く。そして史に近づいてくると指に挟んでいたタバコを取り上げ、自分の口元へ運んだ。

それをふかしながらベッドをまわり、ソファの背に引っかけていた自分のジャケットのポケットから携帯を取り出すと、大きく煙を吐き出してから言った。

「おまえに遺産が入らないことは知ってる。遺産というのは遺言者が亡くなった時に初めて手に入るモノだからな」

「え…」

さらりと言われて、史は知らず息を呑んだ。呆然と男を見つめてしまった。

あたりまえのことだが、あたりまえではない。

英之の言葉は、まるで遺言者が死んでいないと言っているようで――。

そう、死んではいない。だがそれを知っているのは、ここでは史と恭吾たちくらいのはずだった。

英之はちらっとナイトテーブルの時計を見て、わずかに顔をしかめる。

「ちょっと遅いけどな…」

つられるように史もデジタルの時計に目をやると、九時四十八分を表示していた。

片手で携帯を開いた男がピッピッと操作して、すぐに耳に当てる。電話のようだ。

しかし史はなかば思考が停止したまま、英之が何をしたいのか、まったくわからなかった。

しばらく呼び出してから、ようやく相手が出たようだ。

「……もしもし。英之です。こんな時間にすみません」

めずらしく丁重な口調で口を開く。

「そうです。……ええ、大きな問題はないと思いますが。……大丈夫ですよ。うまくやってます」

穏やかな声で何か受け答えをしてから、ふっとその視線が史に向く。

「史がここにいますけど、代わりますか?」

その言葉に、史は大きく目を見開いた。

無言のまま目の前に男の携帯を突き出され、史はわけもわからないまま、それを受けとった。

「も…もしもし……?」

わずかに息をつめるように、ようやく口にする。

『史ちゃん? 元気ーっ?』

と、耳に飛びこんできたのは、覚えのある女性の声だった。年のわりに若く、相変わらず溌《はつ》溂《らつ》としている。

――華さん、だ。

瞬間、息が止まる。思わず男をふり返って凝視してしまう。

『私たちね、今、温泉に来てるの。関空《かんくう》から入ってね、有馬《ありま》に行って、下呂《げろ》に行って、今、白《しら》骨《ほね》にいるのよ』

「ち…近いじゃないですか……！」

無邪気に言われ、史は思わず声を上げていた。

どうやらすでに帰国はしていたらしい。それから温泉巡《めぐ》り、ということか。

『そうなのよー。だからそろそろそっちに顔を出そうかと思って。あさっての夕方あたり、親戚連中と会社の関係者を集めておいてくれないかしら？　結婚のこと、私の口から発表するわ。生前葬のこともね』

「……わかりました」

もはや何を言う気力もなく、史はただうなずいた。

『あなたのおじいちゃまも元気よ。とても楽しかったの。また帰ったら結婚式の写真を見せるわね』

「はあ…。楽しみにしてます」

気が抜けたように答え、切ろうとして、あっ、と思い出す。

「あの…、華さん、すみません。英之さんっていったい……？」

背後を気にしつつ、ちょっと小声になってしまう。

『あら、聞いてないの？　英之くんには今、私の秘書をしてもらっているのよ。今度の旅行、ずっとついてきてもらってたの。ほら、英之くんなら海外に強いし。日本に帰ってからは私たちだけで平気だから、先にそっちに行ってもらったのよ』

あっさりと言われ、そういえば、確かに旅行には海外に慣れた秘書を一人連れて行く、と言っていたのを思い出す。さすがに七十オーバーの老人二人での自由旅行は危なっかしく、それぞれの国でホテルの延長や交通機関の時間調整も必要だ。

……だが。

史は自分が何を言ったのかもわからないままに華さんとの通話を終え、携帯を切って無意識のままに男に返した。

英之がのんびりとタバコを灰皿でもみ消すと、それを受けとった。

「秘書……って……?」

それだけをなんとか口にしながら、それでもようやく英之が初めから華さんが死んでいないことを知っていたのだと認識する。

ここに来る、前から。

「ここふた月ばかりだけどな。ふだんは別の仕事をしてるし」

携帯をジャケットのポケットにもどしながら、男があっさりと言う。

「人身売買……?」

思い出してつぶやいた史に、男が低く笑った。

「まあ、そうだな。スカウト、やってたんだよ」

さらりと言われて、一瞬、やっぱり、と思う。

「キャバ嬢の？」

「バカ」

しかし思わず口にした史を、男が思いきり白い目でにらみつけた。

「なんでそっちなんだよ？　プロ野球のに決まってんだろ」

「あ……」

言われてようやく気づく。

「現役を引退したあと、八年くらいは国内で、あとの十年は海外メジャーでな。日本人選手は優秀なのが増えてきたし、ここ数年は高校時代から海外でも目をつけてるし。他のアジア圏や中南米とかもまわってる。今はアメリカがベースだから、日本にいる方が少ないな」

なるほど、だから「海外に強い」ということなのだ。国内で消息も聞かなかったはずだな…、と納得する。

「それが半年前、一カ月くらい旅行についてきてくれないか、って華さんから連絡があってな。他人の新婚旅行にくっついていくのもなんだが、まあ、ちょうどいい骨休めになるかと思ってね。秘書待遇だったから、このひと月、おまえや他の連中が華さんに送ってた報告書のメールは、まず俺が見てたんだよ。会社のこともちょっと勉強したし、おかげでいろいろと生臭い八色一族の秘密やなんかも知ってしまったが」

にやっと口元に皮肉な笑みを浮かべてみせる。

そうなのか…、と史はしばらく放心したようにぼんやりしてしまった。

わかったが、それでも頭の中は真っ白で、何も考えられない。

「――それで？」

と、男がベッドの端にゆったりと腰を下ろし、そんな史の顔をじっと見つめてくる。どこか意地の悪い笑みと、意地の悪い眼差しで。

「おまえは俺の純粋な気持ちを疑ったわけだ？　おまえをたぶらかして、心にもない言葉をささやいて、財産を手に入れようとしてる、ってな？」

「それは……」

いちいち指摘されて、史は思わず口ごもってしまう。実際、否定できることは何もない――のだ。

英之を疑ってしまったことは事実で。

……いや、だったら……？

ふっと、ベッドで聞いた英之の言葉が声が耳によみがえる。

『好きだよ』――と。

本当にシンプルな、飾りのない言葉。

つまり、それは――？

「それで勝手に傷ついて、勝手に逆ギレして、勝手に怒ってたわけだ」

「それは…っ」

耳まで真っ赤になって、史はたまらず声を上げた。

「俺に落ちたんだろ？」

にやりと笑って男が言った。

史は唇を噛んだまま、顔を上げることもできなかった。

本当に頬が燃えるように熱くて…、今自分がどんな表情をしているのかもわからない。

いや、誰かに――この男に見せられる顔じゃないことだけはわかっているけど。

「史」

それでもまっすぐに名前を呼ばれ、どうしようもなく、じりじりと顔を上げる。

目の前に男の不敵に笑った顔が飛びこんできて、反射的に目をそらす。

「素直に認めたら許してやる」

傲然《ごうぜん》と、楽しげに言われ、史はどうしたらいいのかわからず、ただ視線を漂わせてしまう。

「史」

もう一度名前が呼ばれ、ビクッと視線をもどすと、太い腕が片方、目の前に差し出された。

「あ……」

ごくり…と唾を飲みこみ、史はおそるおそる手を伸ばす。

指先が男の手に触れて、反射的に離そうとした瞬間、ぐいっと手首がつかまれる。

「——あっ……！」

そのまま男の膝の上に引き倒された。

「んっ…、ふ……ぅ……」

ざらりと硬い指でうなじから髪がかき上げられ、もう片方の手で顎が固定されて、唇が奪われる。熱い舌がねっとりと口の中に入りこみ、思うまま中が蹂躙《じゅうりん》される。

史は無意識に男の肩に腕をまわし、背中にしがみついていた。

「……ん？　認めろよ。俺の魅力にめろめろなんだろ……？」

息が上がるくらい長いキスのあと、男のどこか得意げな声が耳に落とされる。片方の手がバスローブの裾を払い、いやらしく足の付け根を撫でまわしてくる。

「あ…、や……っ」

内腿へすべり落ちた男の手が史の無防備な中心を握り、指の腹で先端がいじられる。

びくん、と身体を跳ね上げ、史は身をよじった。熱い波が身体の奥からじわじわと湧き出してくる。

「このまま騎乗位、やってみな？　そしたら許してやる」

「エロオヤジ…っ」

さらにすべらせた手のひらで尻をもみながら調子に乗って言う男を、史は涙目でにらみつける。

「でも俺が欲しいんだよな？　さっきいっぱいねだってきたし？」

にやにやと、まったく堪《こた》えていない様子でうそぶくと、男は史の腰を支えたまま、ゆっくりとベッドへ背中から倒れこんだ。

残された史は男の腰を挟みこんですわったまま、どうしようもなくうろたえてしまう。

どうしたらいいのかわからない。

それでもそっと息を吸いこみ、史は思い切って這うように男のたくましい身体の上に自分の身体を伸ばした。

両手を男の顔の両脇に立てて身体を支え、静かに顔を近づける。

上から男の顔をのぞきこむのが恥ずかしい。まっすぐに見つめてくる目を見られなくて、わずかに視線をそらしたまま、史はやっと、小さくあやまった。

「許して……、ください……」

許して、ほしかった。この腕を失いたくない。

泣きたいくらいにそう思う。

「ああ…。いい子だな」

男がやわらかく笑い、大きな手が史の髪を撫でてくれた。

ホッとして、そのまま男の胸に顔を伏せ、大きな背中にしがみつく。

「……覚えてるか？　言ったろ、俺に落ちたら、三番目のメリットを教えてやるって」

と、頭を撫でながら、英之が喉で笑って尋ねてくる。

「何ですか？」

そういえば、と思い出して、史はわずかに顔を上げる。

にやり、と本当に人の悪い笑みで男が見つめ返してきた。

「優しくて男前の恋人ができるってことだ」

ずうずうしく言った男の顔をしばらく見つめ、史はきっちりと訂正した。

「エロオヤジでやたらとしつこい恋人ですね」

二重の取り消し線を引いて、きっちりと訂正印を押すくらいの勢いで。

それでも「恋人」なのは確かなようだった――。

あとがき

こんにちは。おお、キャラさんではおひさしぶりになってしまいました。今年はもうちょっとがんばりたいです。うう、すみません…。

さて、今回は人外でも動物でもなく（笑）私としてはめずらしく日本語のタイトルですねっ。それだけで妙にうれしい（いや、キャラさんでは前回に引き続き、なのですが、絶対数が少ないんで）。そのタイトルからでもちょっと類推できるでしょうか。遺産相続モノを書こう！という気合いで考えてみたお話ですが、なんとなく方向性が違ったような。もともとのイメージは犬神家《いぬがみけ》だったんだけどなあ…。さらに葬式というと、喪服エロ、というのが定番萌えのはずなのですが、そこにもたどり着けず。とても一途に、一生懸命恋をしているカップルのお話になりました。二十七歳同士、結構いい大人なんですが、なんか可愛い同級生モノと言えるでしょうか。そして書き下ろしは今回、別カップルです。こちらは悪いオヤジにかまされる、ちょっとひねた弁護士さんのお話。軽く年の差の三十代前半と後半で、さらに大人な二人……のはずなんですが、案外ガキっぽいのかな。

しかしながらその2カップルはさておき、ＢＬとしてはあるまじきことに、一番印象に残るキャラはもしかすると、華さんと泉さんだったのかもしれません。当初はちゃんと出そうと思っていたのですが、結局、名前（と電話）だけだった華さん。なんだか黒幕っぽいですね。でもこんなおばあちゃんが本当にいてくれたらいいんだけどなあ。いろんな芸術や文化事業とか、アニメーターの育成とかを支援してほしいなあ…、と夢見てしまいます。

今回イラストをいただきました黒沢椎《くろさわしい》さんには、本当にありがとうございました。雑誌掲載時からしっとりとした雰囲気のあるとてもすてきな二人で、本当にお話そのままのイメージでした。こちらの表紙も喪服の二人がすごい色っぽい！　喪服エロにいけなかったのが残念でなりません（笑）。新しい二人も、エロワイルドなオヤジと色っぽい弁護士さんをとても楽しみにしております。そして編集さんにはいつも大変なご迷惑をおかけしておりまして、本当に申し訳ありません…。今年はなんとかっ。もうちょっとどうにか（いろんな部分を…）したいと思います。懲りずにまたどうかよろしくお願いいたします。

さらにこちらの本を手にとっていただきました皆様にも、大きな大きな感謝を。おつきあいいただきまして本当にありがとうございました。少しでもお楽しみいただければ幸いです。

それでは、また次のお話でお会いできますように――。

3月　　なぜかおでんがマイブーム。こんにゃくなら夜中に食べても大丈夫！　か？

水壬楓子《みなみふうこ》

この本を読んでのご意見、ご感想を編集部までお寄せください。

《あて先》〒105－8055　東京都港区芝大門2－2－1　徳間書店　キャラ編集部気付

「本日、ご親族の皆様には。」係

2011年3月31日 初刷

著者 水壬楓子
発行者 川田 修
発行所 株式会社徳間書店
〒105-8055 東京都港区芝大門2-2-1
電話048-451-5960(販売部)
03-5403-4348(編集部)
振替00140-0-44392

■初出一覧
本日、ご親族の皆様には。……小説Chara vol.21(2010年1月号増刊)
本日も、ご親族の皆様には。……書き下ろし

Chara

本日、ご親族の皆様には。……【キャラ文庫】

印刷・製本 図書印刷株式会社
カバー・口絵 株式会社廣済堂
デザイン 間中幸子
編集協力 押尾和子

ISBN978-4-19-900612-8

好評発売中

水壬楓子の本
【シンプリー・レッド】

イラスト◆汞りょう

死を司る死神と、永遠の生を生む吸血鬼とは天敵同士。ところが、怜悧な美貌の死神・碧《あおい》は、気まぐれに吸血鬼の子供を拾って育てることに。やがて、身長も体重も遥かに碧を追い越した真冬《まふゆ》は、満月の夜、血を求めて甘えるように唇を寄せてくる。碧は血を吸われるたび、首筋に真冬の抑えきれない欲情を感じて⁉　人間界に密やかに棲まう闇の眷属たちのラブ・ファンタジー。